로크미디어가
유혹하는
재미있는 세상

ROK
MEDIA
로크미디어

이것이 법이다

이것이 법이다 49

2018년 11월 12일 초판 1쇄 인쇄
2018년 11월 15일 초판 1쇄 발행

지은이 자카예프
발행인 이종주

기획 팀 이기헌 왕소현 박경무 이승제
책임 편집 최전경

발행처 (주)로크미디어
출판등록 2003년 3월 24일
주소 서울시 마포구 성암로 330 DMC첨단산업센터 3층 318호, 319호
Tel (02)3273-5135 **Fax** (02)3273-5134
홈페이지 rokmedia.com **E-mail** rokmedia@empas.com

ⓒ 자카예프, 2015

값 8,000원

ISBN 979-11-294-0832-7 (49권)
ISBN 979-11-255-9575-5 04810 (세트)

이것이 법이다

49

자카예프 장편소설

로크미디어

CONTENTS

믿음이 없다는 것

　악순환이란 안 좋은 것이 더 안 좋은 것을 부르는 현상을
말한다.

　그리고 깡치는 지금이 딱 악순환이라고 생각했다.

　"씨발……."

　벌써 세 번째 털렸다.

　빚은 어느새 6천이 넘어갔고, 하면 할수록 손해는 기하급
수적으로 커지고 있었다.

　그런데 이런 일로 고민하는 것이 그만이 아니라는 것이 더
큰 문제였다.

　"깡치야, 어쩌냐."

　"나도 모르겠다, 씨발."

마약은 일반적으로 업소에서 집단적으로 파는 게 아니라 개인이 조금씩 가져다가 파는 형식으로 유통된다. 혹시나 경찰에 털릴 것을 대비해서였다.

　　문제는, 그러다 보니 자기 보호가 안 된다는 것.

　　"나 벌써 5천이야."

　　"야, 이 씹째끼야, 난 7천이야."

　　너도나도 한탄을 하는 상황.

　　물론 조직에서도 자꾸 이런 일이 벌어지니 조직원을 붙여 주기는 했다.

　　그러나 그럴 때마다 이상하게 경찰이 알아채고 오는 바람에 제대로 장사도 못 할 지경이었다.

　　당연하게도 신고한 것은 노형진이다.

　　아무리 경찰 내부에 조직과 통하는 사람이 있다고 해도 일단 신고가 들어가면 출동을 막을 수는 없다. 그저 알려 주는 수준이나 가능한 것이다.

　　즉, 조직원의 수가 많은 경우에는 경찰을 불러 버리면 그만이고, 경찰을 피해서 흩어지면 그 틈에 습격을 가하는 것은 어렵지 않다.

　　"젠장."

　　깡치는 머리털을 뜯으면서 신음 소리를 흘렸다.

　　"그나저나 그 소식 들었어?"

　　"무슨 소식?"

"요즘 이상한 소문 들리더라."

"소문?"

깡치는 다른 조직원의 말에 고개를 슬쩍 돌려서 그를 바라보았다.

"약이 떨어져 간다는 거야."

"약이? 왜?"

"얼마 전에 크게 걸렸잖아."

"아."

얼마 전에 약을 배달하던 중 배달 사고가 있었다. 그래서 200그램 정도의 약을 잃어버렸다.

마약은 무게의 소숫점 첫째 자리를 기준으로 가격을 매긴다. 그만큼 강력하다는 뜻이다.

따라서 200그램이면 대략 7억 원어치.

"그걸 잃어버리는 바람에 약이 부족한가 봐."

"그게 뭐가 문제인데?"

"약을 살 돈이 없다는데?"

"뭐?"

"싯팔, 그렇잖아. 그거 털렸지, 그 후에 약쟁이들 돌아 버렸지."

약쟁이들이 습격해서 약을 모조리 털어 가는 바람에 돈이 부족한 것이 사실이다.

"끄응……."

폭력 조직이 돈이 없으면 조직원들은 따라오지 않고 흩어지게 된다.

특히나 지금 같은 경우는 더더욱 말이다.

사실 백사의 쌍두파는 가지고 있는 가게가 없다.

가게로 마약을 유통하는 경우 도중에 초토화될 수 있어 처음부터 가게를 오픈하지 않았기 때문이다.

그 덕분에 빠르게 치고 나갈 수는 있었지만, 지금처럼 판매가 막히거나 기습적인 일이 벌어지는 경우 최소한의 자금도 들어오지 않게 된다.

"그게 뭐! 그게 중요해?"

깡치는 남이 중요한 게 아니었다. 자신이 중요했다.

당장 자신의 빚을 어떻게 해결한단 말인가?

"그래서 말하는 거야! 돈이 없다고! 우리가 팔아서 벌었어야 하는데 그걸 채우지 못했잖아!"

"으윽."

맞는 말이다.

자신들이 털리면서 심각하게 손해를 보고 있다. 그러니 그 손해는 자신이 감당해야 한다.

"그런데 당장 다음 약을 팔려면 사야 하는데, 돈이 없다고."

"그래서?"

"전에 장기 밀매 사건 몰라?"

깡치뿐만 아니라 거기에 있던 모든 조직원들이 벌떡 일어났다.

등에서는 소름이 돋았고 숨이 턱턱 막혔다.

다들 알고 있는 사건이다.

중국의 조직이 한국에서 노숙자나 사람들을 납치해서 공해상에서 장기를 해체하여 팔았던 사건.

그 사건으로 인해서 나라가 발칵 뒤집혔었다.

"그게…… 왜?"

애써 모르는 척하는 깡치.

사실 모르지는 않았다. 하지만 부정하고 싶었다.

그러나 현실은 피한다고 해서 오지 않는 것이 아니다.

"상식적으로 돈이 없으면 어떻게 하겠어? 돈을 구하려고 할 거 아니야."

"설마…….."

"씨발. 마약도 파는데 장기라고 못 팔 게 뭐가 있겠어."

"으으……."

다들 눈을 데굴데굴 굴리며 서로 눈치를 봤다.

어차피 막장으로 가는 상황에서 그들이 사람 목숨을 지킬 것 같지는 않았다.

애초에 보스인 백사는 냉혹하기로 소문이 난 사람이다. 그러니…….

'실제로 그러고도 남을 거야.'

그들은 백사가 무표정한 얼굴로 조직원을 죽이는 모습을 봤다.

이유는 간단했다.

아내가 임신하자 아이에게 당당한 아버지가 되고 싶어 조직에서 나가고 싶어 했다는 것.

백사는 그 조직원 앞에서 임신한 아내를 수십 명이 강간하게 만들었다.

그리고 울부짖는 그의 손가락을 하나씩 잘랐다.

그 후에 아내의 시신과 함께 바다에 던져 버렸다.

시신을 버릴 때 추적을 피하기 위해서 손가락을 자르는 경우는 있다. 지문 감식을 피하기 위해서다.

그러나 일반적으로는 죽고 난 후에 자르지, 살아 있을 때 자르지는 않는다.

하지만 보스는 조직원과 아내의 양 손가락과 발가락까지 직접, 산 채로 잘랐다.

"씨발…… 어쩌지."

"우리 튀자."

"튀기는 어디로 튀어!"

"그럼 그냥 죽을래? 이대로는 다 죽어!"

"으으…….'

그들은 공포에 떨며 머리를 부여잡았다.

"사라져?"

"그래."

얼마 후 그들은 생각지도 못한 소식을 들었다.

동료가 사라졌다.

얼마 전에 장기 밀매 이야기를 했던 녀석이 갑자기 사라진 것이다.

"아파서 안 나온 거 아니야?"

"그냥 사라졌다고! 집에 갔는데 집도 비어 있어!"

"뭐?"

그와 친했던 사람이 그의 집으로 직접 갔다 왔다고 했다.

그런데 집은 멀쩡했다. 물건도 멀쩡했고, 이사를 간 흔적도 없었다.

그럼에도 불구하고 사람은 전혀 없었다.

슬슬 날씨가 추워지는데도 보일러를 돌리지 않아서 썰렁한 방을 보니 제법 오래 돌아오지 못한 것 같았다.

"설마……."

"설마라니?"

하지만 누구도 그다음 말을 하지 않았다.

그 말을 꺼내면 자신이 다음 표적이 되는 게 아닌가 하는 생각이 들었던 것이다.

'누군가 꼰지른 거야.'

이 내부에서 누군가 꼰지른 게 아니라면 그 사람 혼자 사라질 리 없다.

그 말은, 자신들이 의심을 표하는 것만으로도 다음번 실종 대상이 자신들이 될 수 있다는 뜻이다.

"젠장!"

깡치의 작은 욕설.

그리고 다들 말만 안 할 뿐, 그 욕에 공감하고 싶어 했다.

⚖️

"판매상들이 사라지고 있다면서요?"

노형진은 싱글거리면서 말했다.

한만우는 고개를 끄덕거렸다.

"자네 말대로더군. 한 사람만 포섭했을 뿐인데 죄다 튀고 있는 모양이야."

사실 그들 중 사라진 사람은 노형진, 아니 한만우가 자기네 조직으로 오라고 포섭한 것이었다.

그가 슬쩍 의심을 품게 하고 사라지자 사람들의 상상이 엉뚱한 쪽으로 가기 시작했던 것이다.

"원래 보이지 않는 공포가 더 두려운 법이지요."

"그래?"

"인간은 보이지 않는 것에 대해 어떻게 대항해야 할지 모르거든요. 그리고 인간은 본능적으로 부정적인 방향으로 상상하게 되어 있습니다."

그래야 최악의 상황에 대비할 수 있기 때문이다.

그러니 한 사람이 사라진 상황에서 그들이 할 상상은 뻔했다. 더군다나 그가 안 좋은 소식을 전한 사람이니.

"그러니 너도나도 도망갈 수밖에요."

산 채로 고문당하면서 죽고 싶지는 않다. 그렇다고 장기를 다 빼앗긴 채로 죽고 싶지도 않을 것이다.

결국 그들이 선택할 수 있는 것은 하나뿐이다.

"애초에 이런 판매책은 대부분 하급 조직원입니다. 높은 애들은 아니지요."

마약을 판매한다는 것은 여러 가지로 위험한 일이다.

경찰에게 붙잡힐 가능성, 다른 조직에 습격받을 가능성, 그리고 요즘처럼 약쟁이에게 털릴 가능성까지, 안 좋은 가능성은 무궁무진하다.

그러니 높은 직급의 녀석들은 당연히 일선에 나서지 않아, 마약을 직접 취급하는 것은 아랫사람들일 수밖에 없다.

"하지만 그런다고 힘이 다 빠지는 건 아닌데? 노 변호사가 알다시피 이런 판매상은 일부야."

"압니다."

조직의 힘은 일부 마약 판매상들로부터 나오는 게 아니다.

조직의 돈은 거기서 나올지언정, 조직의 힘은 조직원들로 부터 나온다.

"일부 남아 있는 녀석들도 결국은 다음 작전이 끝나면 벗어나게 될 겁니다."

"쉽지 않을 텐데. 자네, 주력을 어떻게 해치우겠다는 거야?"

다음 대상은 다름 아닌 쌍두파의 주력이라 할 수 있는 조직원들이었다.

즉, 주먹이나 행동대원을 뜻한다.

그들이 사라지기 전에는 쌍두파의 힘은 사라지지 않는다.

"그건 별로 어려운 일이 아닙니다."

"별로 어려운 일이 아니라고? 허, 자네 미쳤나?"

"아니요. 전 멀쩡합니다."

"그런데 어려운 일이 아니라고? 그 녀석들이 무려 여든 명 일세, 여든 명."

한만우가 다른 조직들을 통해서 조사한 결과, 쌍두파에 속한 작자들 중 주먹으로 분류되는 녀석들은 무려 여든 명이다.

한만우의 조직원 숫자가 쉰 명임을 감안하면 어마어마한 숫자다.

사실상 그들이 전쟁을 준비했다는 또 다른 증거라고 할 수 있다.

애초에 관리해야 하는 업소도 없는 조직이 무려 여든 명이나 조직원을 동원한다는 건, 그거 말고는 다른 이유가 없었다.

"전에 그랬지요, 저 녀석들은 죽을 각오로 덤빈다고?"

"그래, 약쟁이들이니까."

마약에 취한 이상 그들은 약을 얻기 위해서 진짜 목숨을 걸고 싸울 것이다.

그 부분에서부터 차이가 나는데 약에 취하기까지 하면 항쟁할 때 더 극단적으로 위험해진다.

당장 새론의 경호 팀이 싸움에 나갈 일이 있으면 신체에 국소마취제를 바르고 나가는 이유가 통증을 느끼지 않기 위해서다.

국소마취제는 말 그대로 통증을 줄여 줄 뿐이다.

하지만 마약에 취하면? 아예 느끼지 못하게 된다.

"그 새끼들은 칼로 찔러도 꿈쩍도 안 할걸."

칼에 찔려 봐야 아픈 것도 못 느끼니 당연히 저항은 더 심해질 테고, 그러면 죽이는 수밖에 없다.

그러면 살인으로 경찰이 눈에 불을 켜고 추적하기 시작할 테니 이겨도 이긴 게 아니게 된다.

"걱정 마세요. 우리 대신 경찰이 싸워 줄 겁니다."

"허, 그게 되겠나?"

이미 경찰 내부에 사람을 심어 놨다. 그러니 신고한다고 한들 그가 바로 알려 줄 테고, 경찰이 출동할 때쯤이면 이미 도망간 후가 될 것이다.

"아, 신고도 제가 안 합니다."

"뭐?"

신고도 안 하고 싸움도 안 하는데 경찰이 나서서 해결해 준다는 말에, 다들 고개를 갸웃할 뿐이었다.

⚖️

"제대로 준비한 거지?"

"그럼. 내가 누군데."

"네가 아니라 고문학 씨가 준비한 거 아냐?"

"그래도 확실하게 확인한 건 나라고."

"그건 그렇지."

노형진은 고개를 끄덕거렸다. 그리고 차 바깥으로 건물을 바라보았다.

"저 건물이란 말이지?"

"그래, 확실해. 쌍두파의 조직원들이 있는 건물이야."

"다른 건물도 확인했어?"

"어, 확실하게 맞아."

손채림이 확신한다는 듯 말하자 노형진은 슬쩍 시계를 바라보았다.

"다른 건물은?"

"한쪽은 고문학 팀장님이, 다른 한쪽은 한만우 씨가, 또 다른 한쪽은 무태식 변호사님이 지키고 있어."

"그러면 대부분의 조직원들이 다 거기에 있다는 거네?"

"그렇지."

조직원이 되면 일단 어느 정도 직급이 되기 전에는 합숙을 기본으로 한다.

일단 따로 나가 살기 시작하면 경쟁 조직의 습격을 받을 수도 있기 때문이기도 하지만, 제대로 규율을 세우기 위한 것도 있다.

비상시 동원하는 것도 중요하고 말이다.

'그리고 이런 경우는 더더욱 그럴 수밖에 없지.'

쌍두파의 백사는 전투력을 확보하고 이탈을 방지하기 위해 조직원들에게 마약을 싼 가격에 공급했다.

아무리 공포로 그들을 찍어 누른다고 하지만 그것만으로 부족할 수도 있기 때문이다.

게다가 마약에 중독시키면 일단 자기네 조직에서 벗어나지 못하게 되는 것도 있거니와 전투력도 높아진다.

물론 사람으로서의 가치는 아예 바닥으로 떨어지지만.

"아래층에 설비도 끝났고?"

"응."

"그럼 슬슬 시작해 볼까?"

노형진은 시계를 보면서 말했고, 손채림은 여기저기에 전화를 했다.

그런 뒤 상당한 시간이 지나도록 두 사람은 움직이지 않고 그저 차에서 건물만 바라보았다.

그렇게 얼마나 지났을까?

"슬슬 시간이……."

노형진이 힐끔 시계를 보는 순간 '쾅!' 하는 소리와 함께 건물 아래서 무럭무럭 하얀 연기가 뿜어지기 시작했다.

"나이스 타이밍."

새벽이다 보니 그 소리는 주변으로 빠르게 퍼졌고, 하얀색의 연기는 사방을 가득 메웠다.

"우와, 진짜 감쪽같은데!"

"밤에는 더 그렇지? 점화장치는?"

"작동해."

"오케이."

노형진은 히죽 웃었다.

그러는 사이 주변에서 불이 켜지면서 난리가 났고, 사람들은 다급하게 뛰어나오다가 거기서 나는 매캐한 냄새에 기겁하며 코를 막았다.

"제대로 속았나 본데?"

"그럴 수밖에 없지."

누가 봐도 가스폭발의 현장으로 보이지만 사실 가스폭발이 아니었다.

"이런 건 어디서 안 거야?"

"우연히 안 거야, 친구 집에 놀러 갔다가."

"친구 집에?"

"응."

물론 지금은 아니고 회귀 전이었다.

회귀 전 대학에 다닐 때 친구 집에 술을 먹고 자러 간 적이 있었다.

그때 그 친구 집은 심야 보일러를 이용한 난방이었는데, 그 윗집에서 밤에 폭발이 일어났다.

"난 가스가 터진 줄 알았거든."

심야 보일러 난방은 간단하다.

가격이 저렴한 심야 전기를 이용해서 물을 끓여 통에 보관하여 낮에 그걸로 난방하는 것이다.

그런데 그 윗집의 보일러 내부 온도계가 고장 났던 것.

결국 물은 계속 끓고 수증기는 계속 나와, 그걸 버티지 못한 보관통이 터진 것이다.

"그런데 아니더라고."

보일러가 터지면서 나오는 엄청난 양의 수증기는 밤에 얼핏 보면 화재로 보기 충분했다.

더군다나 소리가 어마어마하게 커서, 주변 사람들이 가스 폭발로 착각하기 충분한 위력이었다.

"그런데 정작 그렇게 위험한 상황은 아니란 말이야."

수증기라고 해 봐야 결국은 물이고, 차가운 밤공기에 뜨겁지도 않게 된다.

온도는 잘해 봐야 그냥 저온 찜질방 정도 수준인지라 화상의 위험은 없다.

거기다가 소리는 어마어마하게 크지만 그에 반해서 폭발력은 강하지 않아, 바로 옆에 있던 유리창도 깨지지 않을 정도로 타격이 없었다.

"그걸 이용하면 화재로 속일 수 있지."

"거기에다 확실하게 하기 위해서 고춧가루랑 후추를 섞어서 태우기까지 했고 말이지."

"최루탄을 쓰면 좋지만, 아무래도 그건 군대나 경찰에서만 관리하니 우리가 쓸 수가 없으니까."

처음에는 CS 탄, 통칭 최루탄을 이용하려고 했다.

하지만 그건 시중에서 쉽게 구할 수 있는 게 아니다 보니 자칫하면 경찰이 이쪽으로 파고들 수 있을 것 같아서 그 대신에 맵기로 소문난 베트남산 쥐똥고추 가루와 후춧가루를 섞어서 아래층에서 타이머로 태울 수 있게 설치해 놨다.

이 정도면 어지간한 최루탄 이상으로 매캐한 연기에 눈과 목이 따끔거릴 것이다.

그와 동시에 엄청난 수증기에, 같이 터트리면 당연히 사람들이 가스폭발로 인한 화재로 착각할 수밖에 없다.

애애앵.

아니나 다를까, 수십 대의 소방차와 구급차가 달려오기 시작했다.

"참 미안하기는 한데."

아닌 밤중에 홍두깨라고, 어마어마한 긴급 출동을 하게 된 소방관들에게는 미안하기는 하지만 어쩌겠는가.

안전하게 저들을 처리하려면 저 방법밖에 없었다.

"과연 저들이 어떻게 할까? 후후후."

병원은 엄청나게 몰려든 사람들로 바글바글했다.

"나이 34세. 가스폭발로 보이는 현장에서 왔습니다. 눈과 목에 통증을 호소하고 있습니다."

수십 명의 사람들이 몰려오면서 병원 내부는 정신없는 상황이 이루어지고 있었다.

"아악!"

약에 취해서 정신이 없는 와중에도 본능적인 고통에 몸부림치는 조폭들.

진짜 피해를 입은 건 아니라고 하지만 국산 고춧가루도 태우면 눈물이 찔끔 나는데, 맵기로 소문난 쥐똥고추의 캡사이신 성분은 독하기 그지없었다.

"화상도 없고."

일단 화재라고 하면 화상부터 생각하기 때문에 외부를 봤지만 나오는 게 없는 상황.

"내부에 화재는 없었다고 보입니다."

"뭐라고요?"

이해할 수가 없는 상황에서 나중에 도착한 구급대원의 말은 의사들이 놀라기 충분했다.

"열기도 없고, 화재의 흔적이나 재도 없습니다. 조사 중이기는 하지만 아무래도 심야 보일러가 터진 듯합니다."

"그래요?"

그렇다면 크게 문제 될 것은 없다.

하지만 여전히 문제가 되는 것이 있다. 다름 아닌 고통을 호소하는 사람들.

그들은 목과 눈에 고통을 호소하면서 울부짖고 있었다.

"결국 그 안에 있던 뭔가가 그 사건으로 퍼진 듯합니다. 안에 들어갔다 온 소방관들 말로는, 방독면이 없으면 들어가지 못할 지경이라고 하더군요. 주변에서도 느낄 정도니까 어떤 물질이 안에서 터졌을 가능성도 충분합니다."

"그러면 곤란한데……."

뭔지 알면 해독이라도 하지만, 모르면 해독을 할 수조차 없다.

만일 화학물질이나 독성을 가진 물질이라면 당장 도시가 난리가 날 수밖에 없는 상황.

뭔지 알기 위해서라도 이들이 해야 하는 것은 하나뿐이었다.

"할 수 없군요. 혈액검사를 합시다."

이것이 병이다

공기 중에 퍼진 물질에 의해서 오염된 것이 확실한 상황.

의사들의 결정은 혈액검사를 하는 것으로 모아졌다.

"혈액검사요?"

그러는 와중에 약에 취해 있던 사람 중 일부가 정신이 번쩍 든 듯 소리쳤다.

혈액검사는 말 그대로 혈액 내부에 있는 성분을 조사한다는 뜻이다.

당연히, 그 결과 마약이 걸린다는 뜻이다.

"안 됩니다."

"네?"

"안 된다고요. 우리는 혈액검사에 동의 못 합니다."

일부는 정신을 차리고 있어서 그렇게 의사 표명을 했지만 대부분의 조직원들은 마약에 취해서 그러지 못하는 상황이었다.

노형진은 그렇게 혼란스러운 와중에 슬쩍 안으로 파고들었다.

새로운 환자가 정신없이 추가되는 와중이라 누구도 노형진을 그다지 인식하지 않았다.

'개판이구만.'

응급실을 가득 메운 사람들.

그리고 검사를 하네 마네 하며 실랑이를 벌이는 사람들.

'그렇겠지. 곤란하겠지.'

이 많은 사람들이 모조리 혈액검사를 하면 모조리 마약 반응이 나올 테고, 아무리 뇌물을 줘서 일부 경찰을 포섭했다고 해도 그들만으로 사건을 무마할 수 있는 수준이 아니었다.

노형진은 슬쩍 눈치를 보다가 누워서 정신을 차리지 못하고 있는 조직원에게 다가갔다.

그는 비몽사몽이었고, 눈과 목의 통증 때문에 죽을 맛이었다.

노형진은 그런 그의 옆에 다가가서 그의 귀에 작게 중얼거렸다.

"당장 여기서 벗어나야 해."

"뭐라고? 너 뭐야?"

"나야, 나라고. 정신 차려. 당장 여기서 벗어나야 해! 의사들이 마약 검사를 한대!"

"헉!"

눈이 아프니 누군지 알지 못했다. 하지만 그가 누군지는 중요하지 않게 되었다.

마약 검사를 한다는 것은, 자신들이 마약 사범으로 잡혀 들어가야 한다는 뜻이기 때문이다.

"안 돼⋯⋯."

아무리 마약에 취해서 정신이 없다고 하지만 검사를 하면 안 된다는 것쯤은 알고 있었다.

그는 비틀거리면서 일어나서 병원을 벗어나려고 했다.

하지만 약에 취하고 사고를 당해서 제대로 움직이지도 못

하는 그를 간호사들과 의사들이 그냥 둘 리 없었다.

"환자분! 여기 계세요! 아직 검사 안 끝났어요!"

"웃기지 마! 검사 안 해!"

검사라는 말에 바둥거리면서 싸우기 시작하는 조직원들.

그 소리는 점점 커지고, 조직원들은 기겁하면서 하나둘씩 일어났다.

"자, 이제 떡밥은 던졌고."

노형진은 히죽 웃으면서 바깥으로 나오며 경찰에 전화했다.

"여보세요. 여기 민초병원인데요. 여기 조폭들이 마약에 취해서 난동을 부리고 있습니다. 네! 빨리 와 주세요. 수십 명이에요!"

노형진은 잽싸게 말한 뒤 바로 전화를 끊었다.

"이제 경찰들이 올 테지."

조폭들 수십 명이 마약에 취해서 병원에서 난동을 부린다고 했으니 당연히 경찰이 몰려올 것이다. 그리고…….

"여보세요."

노형진은 바로 다른 곳으로 전화를 걸었다.

"거기 신문사죠? 네, 여기 민초병원인데요. 여기 마약에 취한 조폭들과 경찰들 사이에서 싸움이 벌어졌어요! 네, 조폭들 수십 명이 마약에 취해서 병원을 습격했어요!"

다시 잽싸게 할 말을 한 노형진은 전화를 끊고 씩 웃었다.

"자, 이 정도면 충분하겠지?"

이런 특종을 기자들이 놓칠 리 없다. 당연히 기를 쓰고 달려올 것이다.

물론 경찰들보다는 당연히 늦을 테니 그들이 왔을 때 보게 되는 건 경찰과 싸우고 있는 조폭들이 될 것이다.

물론 조폭들은 습격한 게 아니라 실려 온 거지만.

"알 게 뭐냐."

외부에서 봤을 때는 실려 왔는지 걸어왔는지가 중요한 게 아니다. 중요한 것은 수십 명의 조폭이 마약에 취해서 경찰과 싸웠다는 것이다.

"후후후."

아마 다른 병원에서도 똑같은 일이 벌어지고 있을 것이다.

그리고 동시에 벌어진 이번 사건을, 기자들이 그냥 구경만 하고 둘 리 없었다.

'어디 재주껏 막아 보시지, 후후후.'

노형진은 얼굴을 가리면서 미소를 지으며 병원을 조용히 빠져나왔다.

그 뒤에서는 조폭들의 거친 고함 소리가 튀어나오고 있었다.

"비켜, 이 새끼들아!"

⚖

—이번 사건은 부천의 쌍두파라는 조직에서 벌인 일로, 사고로 인

해서 조직원들이 혈액검사를 받게 되자 마약 투약 사실이 발각되는 것이 두려워…….

　–수십 명의 조직원들이 병원에서 난동을 부리고 그 와중에 환자와 의료진을 비롯하여 수십 명에게 상해를…….

　–민초병원에서는 경찰과 대치 중 메스를 든 조직원이 간호사를 인질로 잡는 사태가 발생하여 경찰이 총격 후…….

　언론사는 오랜만에 생긴 폭력 조직 관련 뉴스를 놓치지 않았다.

　더군다나 이렇게 큰 건은 흔하게 있는 게 아니었기 때문에 매일같이 떠들고 있었다.

　당연히 쌍두파는 무서운 속도로 무너져 갔다.

　"병원이라…….”

　한만우는 약간은 어이가 없었다.

　자신들은 아무것도 한 게 없는데 제풀에 나가떨어졌다.

　자신들은 오로지 아래층에서 연기만 무럭무럭 피웠을 뿐이다.

　"그런데 알아서 나가떨어질 줄이야.”

　검사를 받지 않으려고 난동을 부리다가 경찰에게 걸렸고, 경찰은 그들을 잡으려고 하다가 결국 싸움이 커졌다.

　조직원들의 입장에서는 잡히는 순간 검사는 피할 수 없기 때문에 순순히 포기할 수가 없었는데, 결국 그게 언론에 그대로 까발려진 것이다.

"내부에서 아무리 덮으려고 한다고 할지라도 이 정도 일은 덮을 수 있는 수준이 아니죠."

거기에다 쌍두파의 문제는 그것만이 아니었다.

다른 멀쩡한 녀석들을 통제할 수 있는 실질적인 무력이 무너지자, 그동안 그 무력 때문에 눈치를 보고 있던 다른 녀석들이 너도나도 도망가기 시작한 것이다.

"진짜로 순식간에 무너트리는군."

한만우는 왠지 자괴감이 든다는 표정으로 말했다.

자신들은 항쟁을 해야 밀어 버릴 수 있다고 생각했고 그 피해도 각오하고 있었다.

사실 그들이 자신들의 나와바리에 들어오려고 한다는 걸 안 순간에 항쟁을 할까도 생각했지만 눈앞에 있는 노형진을 믿고 은근슬쩍 떠넘긴 것인데, 그는 완벽하게 상대방 조직을 와해시켰다.

"이래서 머리 좋은 놈들이란."

"하하하."

노형진은 그저 웃고 말았다.

"그러면 자네들의 일은 끝난 건가?"

"네, 조직이 와해되었으니까요."

백사는 마약 거래의 주범으로 쫓기는 신세가 되었다.

사실 마약 거래만 해도 심각한 일인데 외부적으로 병원 습격의 주동자로 보이게 되었으니 경찰에서는 혈안이 되어서 찾고 있을 것이다.

"경찰 내부에서 보호해 주지 않을까?"

"무리일 겁니다."

아무리 경찰 내부에서 보호를 해 준다고 해도 그건 어디까지나 마약 판매 정도이지, 약에 취해서 경찰을 습격한 놈들을 보호해 줄 수는 없다.

더군다나 병원 네 곳을 동시에 습격했으니 당장 검찰에서도 거품을 물고 있었다.

이건 일부 경찰이 뇌물을 받고 감춰 줄 수 있는 수준이 아니다.

"그렇군."

그는 의자에 깊숙이 기대앉아서 턱을 괴면서 생각에 빠졌다.

노형진은 그를 보면서 입맛을 다셨다.

'다른 생각이 있는 모양이군.'

무슨 생각인지 알지는 못한다. 물론 읽으려고 한다면 못 읽을 것은 없지만…….

'그러고 싶지 않다.'

아마도 도피 중인 백사에 대한 생각일 것이다.

그리고 어찌 되었건 조폭이라는 특성상 한만우의 처리 방법은 그다지 깨끗하지 않을 가능성이 높다.

간단하게 경찰에 넘길 수도 있겠지만…….

'아니지. 경찰에서도 잡히는 걸 원하지 않겠지.'

그가 입을 나불거리면 무슨 일이 벌어질지 아니까.

그리고 이런 일은 경찰이 해결할 수 없는 일이다, 대놓고 죽일 수는 없으니.

"뭐, 하여간 고생했네."

한만우는 더 이상 고민하지 않고 자리에서 일어났다.

"이 이후의 일은 내가 알아서 생각해 보지."

"네, 그러시지요."

노형진은 자리에서 일어났다.

알아서 한다는데 자신이 끼고 싶지는 않았다.

"나중에 다시 뵙겠습니다."

"그래, 다시 봄세."

그는 그렇게 말했고, 노형진은 그게 그가 형식적으로 하는 말이라고 생각했다.

당연히 그 '다음'이 그렇게 빨리 오게 될 줄은 생각도 못 했다.

차카게 살겠습니다

"이렇게 빨리 찾아오실 거면 왜 나중에 보자고 하셨습니까?"

"자네가 그랬지, 내가 그랬나."

바로 다음 날 노형진을 찾아서 새론으로 온 한만우는 히죽하고 웃었다.

"그런데 어쩐 일로 오신 겁니까?"

"두 가지 일 때문이지."

"두 가지 일이라고 하시면?"

"백사."

노형진의 얼굴이 어두워졌다.

백사. 결국은 찾을 수 없었던 폭력 조직의 수괴.

조직이 와해되기 시작하자 그는 가진 돈을 들고 어디론가 사라졌다.

경찰에서는 추적 중이라고 하지만 아직 흔적은 찾지 못하고 있다.

"그 녀석은 중국으로 도피했네."

"네? 중국으로 도피하다니요?"

"말 그대로야. 중국으로 갔네."

"그걸 어떻게 아십니까?"

"뭐, 소문이지."

노형진은 잠깐 한만우를 바라보았다.

단순히 소문으로 그런 걸 알 것 같지는 않았다. 정말 그런 소문이 돈다면, 그를 찾고 있는 경찰에서도 분명히 들었을 테니 말이다.

더군다나 어제 이야기할 때는 그 역시 백사의 소식을 모르고 있었다.

그런데 하루 만에 중국에 갔다는 '소문'을 들었다고?

잠깐 침묵을 지키면서 지그시 그를 바라보던 노형진은 천천히 입을 열었다.

"혹시나……."

"아니야. 내가 보내 준 건 아니야."

"네?"

"공급책 쪽인 것 같더군."

"아……."

백사가 마약을 직접 만들어서 팔지는 않았을 테니 당연히 어디선가 공급받아서 팔았을 것이다.

그리고 그들의 공급량을 보면 적지 않은 양을 공급했다는 것을 알 수 있는데, 그 양을 감안하면…….

"중국이라고 하셨나요?"

"그래."

'삼합회로군.'

그런 그들이 자신의 세력을 잃고 도망다니는 백사를 좋게 볼 수는 없을 것이다.

어차피 돈이야 거래할 때 다 받으니 문제 되지 않는다고 해도, 진짜 문제는 백사가 잡힐 경우 자신들의 판매 루트가 드러날 수 있다는 것이다.

거기에다 경찰 중 일부는 그가 잡히지 않기를 바라고 있었으니.

'처리인가.'

중국으로 가기는 했을 것이다. 하지만 살아서 가지는 못했으리라.

"아쉽군요."

"아쉽긴. 덕분에 우리 지역이 늘었는데."

한만우는 히죽 웃었다.

하긴 쌍두파가 붕괴되면서 무주공산이 된 지역을 그가 그냥 구경만 하지는 않았을 것이다.

보아하니 그의 조직은 규모가 작은 게 아닌 듯하니, 부천 정도는 집어삼킬 수 있었을 것이리라.

"축하한다고 해야 하나요?"

폭력 조직이 커지는 건 좋은 게 아니기 때문에 노형진은 말을 묘하게 했다.

하지만 한만우는 그저 피식 웃고 말았다.

"그래서 말인데, 자네가 좀 도와줘야겠어."

"네? 그쪽 소속 물건의 소유권을 옮기실 거라면 저 말고도 다른 분에게 부탁하는 게 빠를 텐데요?"

노형진이 못 할 건 아니지만 다른 사건이 너무 많다.

단순 작업을 하기에는 노형진은 너무 바쁜 사람이다.

"그런 거 아니야."

"그러면?"

"우리도 먹고살 길 좀 만들어 볼까 하고 말이야."

"네? 그게 무슨 말씀이신지?"

"말 그대로야. 우리도 먹고살아야지."

노형진은 그를 물끄러미 바라보았다.

그는 조폭이다. 그런데 먹고살 걱정을 하다니?

뭐, 그거야 누구든 다 하는 고민이니 그렇다고 쳐도, 왜 하필 그걸 자신에게 말한단 말인가?

"그걸 왜 저한테 말씀하십니까?"

"전에도 말하다 만 것 같은데, 자네, 조폭들의 삶이 어떨 것 같나?"

"좋지 않다고 들었습니다."

"그렇지."

범죄와의 전쟁 이후에 폭력 조직은 박멸이 되다시피 했다.

작은 군소 조직이 남기는 했지만 언제나 경찰의 감시하에 있는 상황이고, 경찰은 대형 조직이 생기는 것을 막기 위해서 상당히 조심하는 편이다.

"뭐, 우리처럼 이름 걸고 하는 놈들도 있지만 그러지 않는 놈들도 있지."

"압니다."

실제로는 폭력 조직은 아니지만 금전을 노리기 위해 사람들이 뭉친 집단도 경찰에서 폭력 조직으로 규정한다.

그런 경우 이름이 없기 때문에 적당히 이름을 붙이는데, 그 때문에 한남동 엿장수파니 부산 딸기맛미역파니 하는 식으로 전혀 조폭스럽지 않은 이름이 붙는 경우도 있다.

물론 한만우의 용화파는 제대로 된 조직, 그것도 상당한 규모의 조직이다.

"우리 조직은 상당히 커. 그리고 내가 욕심이 많지 않다 보니 수익을 나 혼자 먹지도 않고."

"그런데요?"

"그런데 영 돈이 없단 말이지."

"업소를 가지고 계시잖습니까?"

"그래서 그나마 버틸 만한 거야. 업소를 가진 조직이 얼마나 될 것 같나?"

"그런가요?"

"그래."

그의 조직이 아무리 상대적으로 깨끗하다고 해도 결국 조직은 조직이다. 그러니 업소 몇 개 정도는 있다.

"사람들의 생각하고 다르게, 돈이 되는 클럽 같은 건 우리 관할이 아니야."

"네?"

그건 의외였다. 분명히 그가 관리하는 곳으로 알고 있었기 때문이다.

"그러니 자네가 생각보다 잘 모른다는 걸세. 말 그대로 관리만 하는 거야, 관리만."

"관리만?"

"그래."

클럽 같은 경우는 막대한 돈이 들어간다.

당장 클럽이 들어가야 하는 자리는 번화가 한가운데일 수밖에 없다. 그런데 이제는 작아진 규모의 폭력 조직들 대다수는 그런 곳을 운영할 능력이 안 된다.

당장 서울 내에서 클럽을 운영하려면 수십억이 필요하다.

"백사의 쌍두파를 봐. 수십억이 털리니 흔들리잖아."

"음……."

"백사는 약을 취급해서 적지 않게 쥐고 있었어. 그럼에도 그랬어. 그런데 다른 곳은 어떻겠어?"

"그런가요?"

"그래. 우리가 업소를 관리하지만, 대부분은 말 그대로 관리만 하는 거야. 뒷수습이지."

호텔이나 나이트 같은 곳은 상당수 자본가에게 넘어갔다. 자신들은 그곳을 지키는 일종의 경비인 셈이다.

지방의 작은 규모 나이트는 그래도 조직이 운영하기도 하지만, 서울이나 경기권에서 조직이 운영하는 나이트는 거의 남지 않았다.

"그런데 왜 그런 말씀을 저한테 하시는지?"

"그러니 자네가 우리를 좀 먹여 살려 줬으면 하는데."

히죽 웃으면서 말하는 한만우.

노형진은 입을 쩍 벌렸다.

"아니, 그게 무슨 말씀이십니까?"

"변호사는 의뢰인이 부탁하는 일을 들어주는 사람이라면서? 그러니 우리가 먹고살 만한 방법을 좀 찾아봐 달라 이거지."

"제가요? 전 사업가가 아니라 변호사입니다만."

"대룡에는 몇 번 어드바이드해 줬다면서? 아닌가?"

"그거야 그렇지만……."

확실히 그러기는 했다.

하지만 그때는 대룡이 성화라는 적에 대항해서 싸울 때이니 당연히 성화를 무너트리는 연장선에서 한 일이지, 뜬금없이 '나 좀 먹여 살려라.'라는 말을 듣고 한 것이 아니었다.

"좋게 생각해. 자네가 잘 처리해 주면 어느 정도는 양성화할 테니까. 상황이 좋으면 다른 애들도 끌어당겨 보고."

"무슨 말씀이십니까? 위법을 다 털어 내겠다는 건가요?"

"그럴 리가. 난 조직이 올챙이 적 모르는 거 싫거든."

히죽 웃는 한만우.

물론 아예 위법을 다 털고 양지로 나가는 것도 생각해 보지 않은 것은 아니다.

하지만 그에 필요한 돈도 없고, 먹고살 방법도 없다.

"하지만 남에게 피해가 갈 만한 일은 하지 않겠지."

"하지 않겠다고 하시면?"

"여자 장사 정도는 뭐, 할 만잖아?"

"끄응……."

노형진은 입맛을 다셨다.

틀린 말은 아니다. 폭력 조직인 그들이 자릿세만 안 걷어도 서민들의 삶은 확실히 좋아진다.

물론 과거처럼 무식하게 자릿세를 터는 세상은 아니기는 하다.

하지만 그렇다고 해도 세상이 확 바뀌는 것은 아니다.

"여자 장사까지 털어 내라는 말은 하지 마."

"안 합니다."

노형진은 살짝 얼굴을 찡그리며 말했다.

확실히 불법적인 일이기는 하다. 하지만 성매매는 당장 없애고 싶다고 해서 없앨 수 있는 게 아니다.

김성식도 말하지 않았던가? 세상이 굴러가기 위해서는 하수도가 필요하다고.

그리고 이들은 그런 하수도다.

이들이 하지 않는다고 해도 누군가는 그걸 한다.

오죽하면 매춘을 인류 역사상 가장 오래된 직업이라고 하겠는가?

그러면 차라리 제대로 관리할 수 있는 인력이 있는 사람들이 하는 게 나은 선택이다. 개인이 매춘을 관리하게 되면 그 여자들의 보호 문제가 심각해지기 때문이다.

최소한 이들은 무력이 있고, 취객으로부터 그들을 지킬 힘이 있으니까.

매춘은 경찰에게 보호를 요청할 수 있는 직업도 아니고, 상대적으로 불특정 다수에 술까지 취한 남자들을 상대하려면 안전을 최우선으로 해야 한다.

불법은 불법이고 현실은 현실이니까.

'하수도를 관리할 방법을 찾아 달라 이건가.'

노형진은 한만우가 원하는 게 무엇인지 대충 알 것 같았다.

그는 현대의 조폭보다는 과거의 건달형에 가까운 사람이다. 그러니 관리가 되지 않는 지금의 조폭 시스템이 마음에 들지 않을 것이다.

그래서 그걸 관리할 수 있는 수단을 찾고자 노형진에게 의뢰한 것이다.

문제는 그 규모가 작은 것이 아니라는 것이다.

그의 성격상, 성공하면 다른 곳에도 끌어들이려고 할 테니까.

"완전히 물에 빠진 걸 건져 줬더니 보따리 내놓으라는 격 아닙니까?"

쌍두파를 밀어내고 부천을 집어삼킬 수 있게 해 줬다.

심지어 피 한 방울 안 흘렸다. 항쟁을 막고 피해를 막아 줬다.

그런데 먹고살 문제까지 해결해 달라니.

"맞아. 후안무치한 요구지."

한만우는 고개를 끄덕거렸다. 그리고 빙긋 웃었다.

"하지만 어쩌겠는가, 난 조폭인데. 조폭한테 예의 찾는 것도 웃긴 거 아닌가?"

"끄응……."

"뭐, 자네가 거절한다고 해도 이상한 짓은 안 할 거야."

"차라리 하세요."

"그러면 다음에 못 부려 먹잖아."

"내 참."

노형진은 그의 말에 대꾸하면서도 자신도 모르게 생각에 빠져들어 손톱을 물어뜯었다.

'쉬운 건 아닌데.'

확실히 쉬운 건 아니다. 하지만 포기할 수가 없었다.

특히나 하나 된 힘이라는 점에서.

'최재철과 싸우기 위해서는 드러나지 않은 힘이 필요할지도 몰라.'

최재철은 언론뿐만 아니라 정부의 힘을 모조리 휘두르고 있다. 그러니 드러난 힘을 가지고 있으면 순식간에 무너질 수도 있다.

따라서 그가 생각하지 못하는, 드러나지 않은 힘이 필요하다.

'그런 면에서 이쪽은…….'

확실히 드러나지 않은 힘이다.

물론 최재철이 원래 폭력 조직 출신이니 그들과 선을 가지고 있을 것이다.

아시아태평양파. 현재의 팔각수.

그들과의 전쟁을 위해서라도 어둠의 힘이 필요하다.

"거절인가?"

"아니요."

보따리를 내놓으라고 한다면 자신은 그 보따리에서 적당히 물건을 챙기면 된다.

구해 줬으니 그 정도 보답은 당연히 요구할 수 있는 것 아니겠는가?

"해 보죠. 하지만 쉽지는 않을 겁니다."

"그래? 뭐, 기대하고 있겠네. 후후후."

한만우는 희미하게 미소를 보이면서 말했다.

어떻게 하든 자신은 전혀 상관없다는 표정이었기에 노형진은 더 뒤통수를 맞은 느낌이었다.

"이제는 별별 의뢰가 다 들어온다."

노형진의 앞에서 책상에 엎드린 채로 볼펜을 까딱거리던 손채림은 툴툴거리면서 말했다.

"이제는 우리가 조폭도 먹여 살려야 하는 거야?"

"정확하게 말하면 양성화 작업이지."

"양성화는 무슨."

"그런데 필요한 작업이기는 해. 팔각수가 양성화되면서 갖게 된 힘을 생각해 봐."

"끄응."

"우리가 최재철과 싸우기 위해서는 팔각수와 대적할 수 있는 세력이 필요하다고."

"알기야 알지. 하지만 무슨 수로 조직을 양성화시켜? 더군다나 한만우 씨의 조직뿐만 아니라 다른 조직까지?"

"정확하게는 연합 포함."

"장난해? 그게 가능했으면 벌써 했지!"

"그건 그렇지?"

팔각수조차도 양성화를 위해서 몇 년 동안 팀을 꾸리고 준비한 끝에 성공했다. 그나마 방법은 터무니없는 학살을 끼고 성공한 것이다.

'그런데 난 안 된단 말이지.'

양성화시킨다고 해서 남에게 피해를 주는 불법을 저지르는 것은 안 된다.

그렇다고 흔하게 건설에 끼어들자니, 이미 자리를 잡은 사람들을 이기기가 쉽지 않다.

'거기에다가 다른 조직도 포섭할 수 있는 방법을 찾아야 한단 말이지.'

한 개 조직을 먹고살게 하는 것도 절대 쉽지 않다. 그런데 다른 조직까지 포섭한다고?

아마도 경찰들이 들으면 미쳤다고 할 것이다.

어지간한 수익이 아니고서야 공존하려고 할까?

"일반 기업은 어때?"

"일단 일반 기업을 하기에는 자금이 부족해."

"하지만 여러 조직이 합치면 자금이 좀 되지 않을까?"

"그러면 좋지만, 그 이후에 분배는? 그리고 영업 방식은?"

"음……."

"그리고 뭘 팔아? 이미 어지간한 건 다 유통망이 있다고. 옛날 조폭들처럼 주먹을 휘둘러서 빼앗을 수는 없잖아. 그러면 양성화의 의미가 없다고."

"그건 그러네."

기존의 유통망을 빼앗으려고 주먹을 휘두르는 순간 경찰이 바로 끼어들 것이다.

"기본적으로 이번 일은 하수도의 관리. 그러니까 양성화까지는 아니어도 최소한 경찰이 관리할 수 있는 수준으로 만들어야 한다는 소리야."

"조폭의 기본적인 성질을 잃어버리지 않으면서도?"

"그래."

"그게 가능하겠어?"

"그러니까 문제지."

조폭들은 머리가 좋은 편이 아니다.

자신들이 기업을 양성화해서 일반 기업으로 만든다고 해도 기존 조직원들은 적응하지 못할 테니 다시 바깥으로 나갈 텐데, 그러면 다시 다른 조직의 조직원이 될 뿐이다.

"팔각수처럼 방계 조직을 만든 건 어때?"

"그것도 방법이기는 한데, 그건 어디까지나 기업에 방계 조직을 먹여 살리고도 남을 정도의 재력이 바탕이 되어야 해. 하지만 지금으로서는 턱도 없지."

"그런가?"

"조폭은 군대와 비슷해. 소비만 하지 생산을 하는 조직이 아니야."

결국 팔각수의 방식은 그다지 좋은 방법은 아니라는 소리다.

‘어쩐다.’

노형진은 그날부터 몇 날 며칠을 고민을 하면서 살았다. 그러나 아무리 고민해도 방법이 없어 보였다.

그렇다 보니 아무래도 다른 일까지 영향을 받을 수밖에 없었다.

“무슨 고민이 있나?”

“네? 아…… 아닙니다.”

노형진은 유민택의 말에 고개를 들었다.

“웃어야지. 여기서 자네만 믿는 사람들이 한두 명이 아닌데.”

“제가 아니라 회장님을 뵈러 온 건데요?”

“그래서 뭐 어떤가? 자네도 이 바닥에서는 큰손인데.”

“큰손이라…….”

유민택은 씩 웃었다.

오늘은 다름 아닌 유민택과 지망생들의 대담이 있는 날이었다.

성 접대 사건 이후에 강제적으로 억압하는 것을 막기 위해서 유민택과 지망생들이 개인적으로 만나는 시간을 만든 적이 있었다.

사실 개별 만남도 아닌 단체 만남이고 그 후에 하고 싶은 말을 쓴 편지를 건네는 수준의 행사이지만, 그것만으로도 성 접대를 생각하던 사람들은 입을 다물 수밖에 없었다.

유민택의 귀에 직접적으로 그런 얘기가 들리는 순간 진짜 제대로 박멸되었기 때문이다.

　실제로 한 명이 고민하다가 유민택이 알려 준 전화번호로 문자를 보냈고, 그다음 날부터 해당 기업과 그 기업의 운영진에게는 파멸이 몰아닥쳤다.

　정작 소속된 연예인들은 다른 곳으로 옮겨 가게 되면서 피해는 없었고 피해를 입은 건 성 접대를 시도한 놈들뿐인지라, 그 이후에는 다들 접대의 '저'도 꺼내지 못하고 있었다.

　"뭐, 누구를 만나러 오든 무슨 상관 있나. 이 나이 먹고 이런 선남선녀들을 보는 게 쉬운 일은 아니지, 허허허."

　유민택은 훤칠하게 잘생긴 선남선녀들을 보면서 허허 웃었다.

　연예인 지망생인 만큼 그들의 외모는 대단했다.

　"다들 재능이 대단해."

　"그러게 말입니다."

　노형진은 입맛을 쩝쩝 다셨다.

　연예계에 발을 들이밀고 난 후에 가장 안타까운 것 중 하나가 바로 저런 사람들이었다.

　실력도 있고 재능도 충분한데 제대로 홍보가 되지 않아서 성공하지 못하는 사람들.

　'하긴 어쩔 수 없지.'

　한국에서 아이돌 가수가 되기 위한 유일한 홍보 채널은 방송이라고 보면 된다.

인터넷이 있긴 하지만 무명이라 찾을 수가 없다.

이름을 모르니 검색을 할 수가 없는 것이다.

그렇다고 유튭 같은 동영상 사이트를 이용하자니, 매일매일 엄청난 양의 동영상이 올라오는 데다가 똑같이 성공하고자 유튭을 통해서 홍보하는 곳은 전국적으로 수십 곳이다.

당연히 사람들은 그다지 관심도 없다.

"참으로 아까워."

유민택은 진짜로 아깝다는 표정으로 말했다.

"젊음이라는 건 아름다운 건데 말이지."

"노력하는 게 좋은 거 아닐까요?"

"그러니까 아깝다는 걸세. 젊으니까 미래를 걸고 할 수 있는 일이기는 하지만, 저 중에서 기회를 잡는 사람이 얼마나 되겠나."

"하긴……."

여기 있는 사람들 중에서 4년 후까지 있는 사람은 얼마나 될까? 세 명? 네 명?

그나마 연습생들은 기대를 가지고 버틸 수 있지만, 데뷔 후에 제대로 홍보도 하지 못한 채로 속절없이 시간만 보내고 있는 수많은 가수들은 얼마나 답답하겠는가.

"일한 만큼 보상을 받을 수 있다면 얼마나 좋겠습니까?"

"그건 그렇지."

유민택은 그렇게 말하면서 조용히 차를 입으로 가져갔다.

그리고 그 모습을 다들 조심스럽게 바라보았다.

"저렇게 조심할 필요는 없는데 말이지."

"조심스러울 수밖에요. 차이라는 건 의외로 대단하니까요."

"누가 저 사람들 홍보 좀 해 줬으면 좋겠군."

"그게 될 리가 있습니까? 홍보비가 얼만데요. 그걸 공짜로 해 줄 사람이……."

노형진은 문득 말을 멈췄다.

머릿속에서는 이런저런 복잡한 생각이 스치고 지나가기 시작했다.

"왜 그러나?"

"아니, 잠깐…… 좋은 생각이……. 하하하……. 방금 끝내주는 생각이 났습니다."

"끝내주는 생각?"

"네."

노형진은 유민택을 바라보았다.

"회장님, 인터넷 방송국 하나 차려 보실 생각 없습니까?"

유민택은 무슨 소리를 하는 건가 하는 얼굴로 노형진을 물끄러미 바라볼 뿐이었다.

"인터넷 방송국?"

"네."

노형진은 눈을 반짝거리고 있었다.

생각이 났다, 두 가지 문제를 한꺼번에 해결할 수 있는 방법이.

"인터넷 방송국은 있지 않나?"

"있지요."

"그런데 왜?"

"하지만 규모가 영세하고 프로그램도 부실하지요. 제대로 된 방송 프로그램은 없다고 봐도 무방합니다. 말이 인터넷 방송국이지, 그냥 인터넷 방송 아닙니까? 파프리카 같은 거 말씀하시는 거라면요."

"맞네. 그런데 우리가 뭘 어쩌자고?"

방송국을 만드는 건 쉬운 일이 아니다.

일단 정부의 허가를 받아야 한다. 그리고 채널과 주파수를 받아야 하고, 수조 원의 설립 비용을 들여야 한다.

"돈은 둘째 치고, 허가가 쉬운 게 아닐 텐데?"

"일반적인 방송국이라면 그렇지요."

"일반적인 방송국? 방금 방송국을 만들자면서?"

"인터넷은 다릅니다."

"응?"

"인터넷은 기본적으로 허가제가 아니라 신고제입니다. 채널도, 주파수도 필요 없으니까요."

그냥 뭔가를 만들어서 인터넷에 올리기만 하면 된다. 그러니 딱히 허가가 필요 없다.

"그것까지는 알겠는데, 그게 우리에게 무슨 이득이 있다는 거지?"

"시대가 바뀌었으니까요."

"시대가 바뀌어?"

"네. 회장님은 텔레비전을 어떻게 보십니까?"

"당연히 집에 가서 보지."

"만일 보고 싶은 게 있는데 시간이 안 맞으면요?"

"녹화해서 보지."

녹화라……. 참으로 오래된 말이다.

녹화되는 기계가 있는 게 신기할 지경.

"저 같은 젊은 사람들은 인터넷에서 사서 봅니다."

"응? 사서 봐?"

"네. 내려받아서 보지요."

"아, 그건 알지. 그런데?"

"시대가 바뀌었다는 것은 그겁니다."

양질의 작품이 나오면 사람들은 그걸 구입하는 데 돈을 쓴다.

"양질의 프로그램이라……."

유민택은 어떻게 해야 하나 고민을 했다.

유민택의 입장에서는 너무 불확실한 게 많았다.

"자네는, 출연자들은 협회 소속의 애들을 쓰고자 하는 거지?"

"네, 그렇게 된다면 회장님은 이쪽으로도 엄청난 권력을 쥐게 되실 겁니다."

"흠……."

지금 연예인의 데뷔 통로는 방송이 유일하다고 보면 된다.

아무리 실력이 있어도 방송에 출연하지 못하면 얼굴을 알리는 것은 불가능하다.

유튭을 비롯한 인터넷은 관련 영상이 넘쳐 나긴 하지만 질이 뛰어나진 않다.

그런데 대룡이 인터넷으로 양질의 제품을 제작해서 공급한다면 확실히 얼굴을 알릴 수 있는 기회가 될 것이다.

"하지만 사서 볼까?"

"싸게 하면 됩니다."

"싸게 하면?"

"네. 일반적으로 방송의 구입 가격은 천 원 정도이니까요. 출연료를 아낄 수 있으니 좀 더 낮춰도 됩니다. 무대도 가능하면 재활용하고 인건비를 최대한 줄이는 방식으로 한다면요."

"하지만 그래도 수익이……."

"제작비를 다른 곳에서 협찬받으면 됩니다."

"협찬?"

"네."

"아니, 누가 제작비를 주겠나?"

"다른 회사요."

"응?"

이해하지 못한다는 얼굴이 되는 유민택.

경쟁사들에서 뭐가 아쉬워서 대룡에 제작비를 준단 말인가?

하지만 노형진은 자신이 있었다.

"스토리텔링이라고 하십니까?"

"알지. 모를 리가 있겠나. 요즘 광고의 대세 아닌가?"

스토리텔링이란 어떤 물건에 이야기를 입힘으로써 그 가치를 높임과 동시에 그 물건을 기억하게 하는 방식이다.

대표적인 예가 보통 '더치 커피'라고 불리는, 찬물에 천천히 내리는 커피다.

더치 커피는 커피를 운송하는 사람들이 커피를 먹고 싶은데 뜨거운 물을 쓸 수가 없어서 고민한 끝에 만들어졌다고 한다.

하지만 조금만 생각하면 말이 되지 않는다는 것을 알 수 있다.

과거에 커피를 다른 대륙으로 옮기기 위해서는 몇 달을 바다 위에서 살아야 하는데, 그 기간 동안 불 없는 찬 음식만 먹었을 리 없지 않은가?

나무로 만든 범선이라고 하지만 주방은 있었으니 그곳에 물을 끓일 수 있는 설비가 다 준비되어 있었다.

그럼에도 불구하고 그러한 이야기는 더치 커피라는 상품에 이미지를 입혔고, 그 덕분에 더치 커피는 사람들에게 널리 알려졌다.

"네, 그걸 하면 됩니다."

"응?"

"공중파에서는 그게 안 되거든요."

"뭐?"

"솔직히 말씀드려서, 대세가 스토리텔링이라고 하지만 그와 관련된 상품이나 광고를 보신 적 있습니까?"

"그거야……."

없다.

그럴 수밖에 없는 게, 스토리텔링이라는 게 대세가 된 지 채 몇 년이 되지 않았다.

한국은 스토리텔링에 대해서 무시하는 성향이 강하기 때문에 관련 전문가가 없다. 그러니 제대로 된 스토리텔링이 될 리 없다.

당장 스토리가 중요한 게임만 해도, 해외에서는 스토리를 짜기 위해서 수십 명의 전문 작가가 붙는 데 반해 한국은 한두 명의 제작자가 대충 만드는 것이 보통이다.

그래서 퀘스트의 연계성 같은 게 지원되지 않아서 몰입감도 많이 떨어지는 게 현실이고.

"지금까지 스토리텔링을 외치는 사람들은 많았지만 정작 그걸 하는 곳은 별로 없었지요."

"그러니까 우리가 그걸 하자?"

"네."

"작가는?"

"작가가 없을까요?"

"하긴……."

매년 수많은 공모전이 있고 수많은 작품이 제출된다.

작가가 없는 게 아니라, 그들을 대접하지 못할 뿐이다. 그들이 살 만한 환경이 아니니까.

"거기에다 인터넷은 공중파와 다른 점이 있습니다."

"다른 점?"

"네."

"어떤 점?"

"공중파는 PPL에 대한 확실한 규정이 있지요."

PPL이란 작품 내 광고에 대한 규정이다.

전보다 많이 풀어졌다고 하지만 작품 내 광고에 대해서 우리나라는 상당히 빡빡한 편이다.

그래서 방송에서 상품이 나올 때 모양만 봐도 뭔지 뻔하게 알 수 있음에도 불구하고 거기에 딱지를 붙이거나 한다.

심지어 브랜드가 드러난 옷이나 모자는 그걸 테이프로 가리고 촬영한다.

"방송 통신 심의 규정이라고 하지요."

"그런데?"

"인터넷은 그런 게 없습니다."

"응?"

"쉽게 생각해 보세요. 대룡을 주제로 대룡의 드라마를 찍어서 인터넷에다 뿌린다고 해도 불법이 아니라는 거죠."

"호오?"

유민택은 관심을 보였다.

드라마가 가지는 어마어마한 광고효과는 그도 잘 안다.

실제로 인기 있는 드라마에 잠깐 등장한 것만으로도 어마어마한 인기를 끌게 된 것도 있다.

"아예 우리 회사 자체를 주제로 써서 찍는다면?"

"기업의 이미지를 바꾸는 데 이것만큼 확실한 방법이 있을까요?"

광고는 짧다. 길어 봐야 30초, 보통은 15초 내외다.

그사이에 이미지 자체를 바꾸는 건 상당히 힘들다.

하지만 드라마는 길다. 천천히, 보는 내내 스며든다.

광고가 폭우라면 드라마는 오래 내리는 이슬비다.

폭우는 흡수되기도 전에 흘러가 버리지만 이슬비는 오래, 천천히, 깊숙하게 스며든다.

더군다나 광고는 대부분 스킵해 버리거나 뛰어넘어 버린다. 틀어 둔다고 해도 관심을 가지지 않고 말이다.

"어디 보자……."

유민택은 머릿속으로 온갖 생각을 하기 시작했다.

'제작비는 어차피 광고비로 대체하고…… PPL은…… 우리와 경쟁하지 않는 다른 곳을 등장시킨다고 하면 비용은 좀 더 아낄 수 있겠군. 출연자는 유명한 애보다는 무명을 이용하면…… 끄응…… 하지만…… 여전히 문제가 있군.'

    광고에 유명한 사람들이 나오는 이유는 간단하다. 그들의 믿음을 함께 파는 것이다.

    물론 드라마이고 스토리텔링이니 꼭 그렇게 해야 하는 이유는 없지만, 지명도가 너무 없어도 문제인 것이다.

    "아무리 그래도 지명도가 너무 없으면 위험한데?"

    "그 지명도를 올리기 위한 방법도 있습니다."

    "방법?"

    "네."

    "어떤 방법?"

    "제가 알려 드리는 방법은 당분간은 비밀로 해 주셔야 합니다. 저희도 준비 기간이 필요하니까요."

    "알겠네."

    유민택은 고개를 끄덕거렸고, 노형진은 그에게 작은 목소리로 자신이 생각한 방법을 설명했다.

    그 말을 들은 유민택은 크게 웃었다.

    "으하하하! 자네 진짜 대단해! 나도 그런 건 생각도 못 했는데!"

    만일 노형진의 계획이 제대로 실행된다면, 아마 대룡은 연예계에서 어마어마한 힘을 가지게 될 것이다.

    그뿐만 아니라 노형진에게 먹고살 만한 방법을 요구했던 한만우의 요구도 들어줄 수 있다.

    '그리고 난 나의 새로운 세력을 가질 수 있을 뿐만 아니라

최재철의 힘을 뺄 수 있다.'

최재철이 어마어마한 힘을 휘두를 수 있는 것은 그가 방송과 언론을 통제할 수 있기 때문이다.

하지만 인터넷 방송국은 어디에도 속하지 않는다. 그러니 그가 통제할 수 있는 대상이 아니다.

당연히 그들의 진실을 알릴 수 있는 다른 통로가 생기는 것이다.

'그의 힘이 빠지면 내가 유리해지지.'

노형진은 속으로 미소를 짓고 있었다.

⚖️

"아이돌을 키우라고?"

노형진의 말에 한만우는 자신의 귀를 의심했다.

"거기는 너무 레드 오션인데? 더군다나 우리는 그런 거 전혀 몰라. 과거에는 그런 시절이 있었지만."

과거, 조폭들이 연예계를 꽉 잡고 있던 시절도 있었다.

그러나 지금은 아니다.

그쪽 파이가 커지면서 훨씬 큰 규모의 자금이 들어왔고, 때마침 범죄와의 전쟁 중이었던 조폭들은 손을 털 수밖에 없었다.

"반은 맞고 반은 틀립니다. 아이돌을 키우는 건 맞습니다만, 여러분 소속은 아닙니다."

"우리 소속은 아니다?"

"네."

"자세하게 이야기해 보게."

한만우는 관심을 보이며 노형진 쪽으로 몸을 기울였다.

"지금 우리나라에는 아이돌이 많지요. 수백 개의 팀이 있지만, 대부분은 무명입니다."

"그거야 알지."

"그들을 지원해 주는 겁니다."

"우린 돈 없다니까."

"돈이 필요한 게 아닙니다. 쉽게 말해서 이거죠, 우리 동네 아이돌."

"우리 동네 아이돌?"

전혀 예상치 못한 말에 한만우는 고개를 갸웃했다. 선뜻 이해할 수 없는 개념이었기 때문이다.

우리 동네 아이돌이라니.

애초에 어떻게 아이돌이라는 개념에 '우리 동네'라는 개념이 붙을 수 있는 건지조차 이해가 안 된다.

"제가 그동안 보니, 제대로 된 조직들은 죄다 유흥가를 끼고 있더군요."

"당연한 거 아닌가?"

조직이라는 게 돈을 따라서 생기는 거다. 그런데 돈도 안 생기는 생활 단지 내에 조직을 꾸릴 리 없다.

당연히 돈이 생기는 유흥가를 낄 수밖에 없다.

"그리고 상당한 파워를 자랑하고요."

"뭐, 외부적으로는 그렇지."

돈을 빼앗는다는 개념이 아니다. 말 그대로 밤 문화 관리다.

술에 취해서 깽판을 치는 녀석들을 상대하는 가장 쉬운 방법은 경찰을 부르는 것이다. 하지만 그러지 못하는 경우도 많다.

가령 클럽의 경우라면, 경찰이 내부까지 들어오면 흥이 완전히 깨진다.

그러니 조직에서 관리하면서 그런 녀석들을 끌어내서 바깥에서 데리고 가게 된다.

"하지만 우리가 키울 수 있게 돈 좀 내놓으라고 하면 우리가 잡혀갈 걸세."

"하지만 단순히 노래만 들어 주는 거라면요?"

"응?"

"노래가 뜨는 이유가 뭐라고 생각합니까? 왜 가수들이 어떻게 해서든 방송에 나가려고 할까요? 왜 매니저들은 라디오 방송국에 찾아가서 노래 좀 틀어 달라고 부탁할까요?"

"나야 모르지."

"이유는 간단합니다. 바로 익숙함."

"익숙함?"

"네. 완전히 새로운 건 못 뜹니다."

인간은 본능적으로 익숙한 것을 찾는다.

신곡이 나왔을 때 한 번에 빡 꽂혀서 흠뻑 빠지는 경우는 드물다.

듣고 듣고 또 들으면서 익숙해지고 그 음악이 좋아지면, 그때 그 음악과 그 가수를 좋아하게 되는 것이다.

"그래서?"

"여러분들이 돈을 달라고는 하지 못하겠지요. 하지만 한 지역에 있는 유흥 주점에 음악을 부탁하는 건 어려운 게 아니겠지요?"

"그건 그렇지."

그런 건 그다지 어려운 부탁이 아니다. 그런 부탁을 받는다고 해서 가게에서 굳이 거절할 것도 아니다.

"그러면 그 지역에서는 제법 유명해지는 거 아니겠습니까?"

"호오?"

우리 동네 아이돌이라는 개념이 무슨 의미인지 이해한 한만우는 살짝 탄성을 질렀다.

그렇게 하면 사람들은 익숙한 곡을 찾아서 듣게 될 것이다.

거기에다 이건 돈이 드는 것도 아니다. 어차피 동네 가게들에 들어가서 잘 틀어 달라고 부탁하는 것은 어려운 것이 아니다.

"그것까지는 알겠는데, 그게 우리한테 돈이 되는 건 아니지 않나?"

"압니다. 하지만 다른 식으로 돈이 될 수 있지요."

"응?"

"여러분들이 해당 가수의 홍보를 전담하는 거죠."

"홍보를 전담한다?"

"네, 물론 일정 부분에서만요."

"음……."

어차피 소속사들의 입장에서는 홍보를 위해서 들어가게 된다. 그 돈을 그들에게 주는 것은 어려운 일이 아니다.

"그리고 그 지역에서 나오는 수익의 일부를 얻는 거죠."

"흠……."

그런 거라면 충분히 가능하다.

"어려운 일은 아닐 것 같네."

"지역에 기반을 두고 있는 집단이라면 어려운 일은 아닙니다."

홍보가 힘든 이유는 전혀 모르는 세계에 들어가서 자신들을 어필해야 한다는 점 때문이다.

하지만 이들은 이 지역에 뿌리를 박고 있고, 또 음악을 주로 소비하는 술집이나 유흥 쪽에서 활동하는 사람들이다. 그러니 그 지역 내에서 홍보를 하는 것은 어려운 것이 아니다.

그러나 그들이 하지 못하는 것이 있었다.

"하지만 그런다고 해서 돈이 될까?"

지역에서 유명해진다고 해 봐야 결국 돈이 되는 데에는 한계가 있다.

무명 가수가 달리 무명 가수가 아니다. 아무도 알아주지 않아서 알고 싶어도 알 수가 없으니까 무명 가수인 것이다.

"그런 애들 노래 좀 틀어 준다고 해 봐야 그다지 반응이 좋을 것 같진 않은데?"

"정확하게 말하면 별로 신경 안 쓰겠지요."

"그래. 그러면 우리는 의미가 없잖나?"

자신들이 돈을 벌려고 하는 거지, 남 좋은 일을 하려는 게 아니다.

"그 부분은 대룡에서 알아서 해 줄 겁니다."

"대룡?"

대룡이라는 이름이 나오자 한만우는 움찔했다.

아무리 그가 깡이 좋은 조폭이라고 해도 대룡이라는 대기업을 무시할 수는 없다. 대룡이 마음만 먹으면 자신들 정도는 쓸어버리고도 남는다.

"자네가 대룡과 일하고 있다는 사실을 알고는 있네만."

그런데 왜 대룡이 여기에 끼어든단 말인가?

"그들에게는 이득이 없는데?"

"이득이 있지요. 그들과 제가 인터넷 방송국을 만들 생각입니다."

"인터넷 방송국을?"

"네."

"아니, 웬 방송국?"

"문화가 바뀌었으니까요."

정해진 시간에 정해진 프로그램을 보는 문화가 아닌, 원하는 아무 때에나 내려받아 보는 문화.

그 문화가 생긴 이상 굳이 공중파를 고수할 필요는 없다.

차라리 공중파를 포기하면 그들과는 다른 현실에서 반응이 좋은 작품을 훨씬 잘 만들어 낼 수 있다.

'실제로도 그랬지.'

한국의 드라마는 불륜, 고부 갈등, 삼각관계가 빠지면 이야기가 안 된다.

배우들이 실력이 없어서 그런 걸까?

아니다.

작가들이 부족해서 그런 걸까?

아니다.

방송국에서 그런 소재가 아니면 안 받아 주기 때문이다.

그들에게는 시청률이 중요하다. 그래서 방송 시간을 꼬박꼬박 지켜서 봐 주는 아줌마들을 위한 드라마만을 추구했고, 그 과정에서 다른 방송국들에 새롭고 참신한 드라마를 모조리 빼앗기면서 드라마 판매 시장에서 상당 기간 바닥을 기어야 했다.

'아직은 참신한 드라마를 틀어 주는 곳이 없어.'

만일 성공적으로 안착할 수만 있다면 상상 이상의 파워를 가지게 될 것이다.

"대룡에서는 인터넷 방송국을 만들어서 인터넷상에 판매할 겁니다. 수익은 PPL을 기본으로 해서 판매 수익을 낼 예정입니다. 드라마는 외부의 하청을 받아서 만들고요."

"흠, 우리는 그들을 지역에서 띄워 주고 경호를 책임진다?"

"네."

"좋은 생각이기는 한데, 그 프로그램은 어디에 파는데?"

"케이블 방송국이나 인터넷 텔레비전으로 팝니다."

"인터넷?"

"네. 인터넷 텔레비전의 문제가 뭔지 아십니까?"

한만우는 고개를 갸웃했다.

인터넷 텔레비전은 인터넷 방송국과는 좀 다르다.

방송국은 제작을 하는 곳이고 텔레비전은 그걸 틀어 주는 곳이다.

그리고 그런 곳들은 공격적으로 늘어나고 있다. 각 지역의 유선방송국도 있고.

"문제가 뭔데?"

"시간이지요."

"시간?"

"네."

"무슨 시간?"

"모든 방송은 2주 지연이라는 조항이 있습니다."

"2주 지연?"

"네."

가령 오늘 방송국에서 새로운 프로그램이 한다고 하면 인터넷 방송국에서 제공할 때는 돈을 주고 사서 봐야 한다.

그래서 지금은 2주가 지난 후에야 무료로 볼 수 있다.

'그리고 얼마 후에 그나마 4주로 늘어나지.'

그건 확실하게 기억하고 있다, 회귀 전에는 퇴근 후에 할 거라고는 텔레비전을 보는 것뿐이었으니

"우리는 그걸 1주 이내로 줄일 겁니다. 가격도 낮출 거고요."

"그런데?"

"여기서 우리가 절대적으로 유리한 점이 생깁니다."

"유리한 점이라고 하면?"

"드라마는 그나마 덜한데, 음악 같은 경우는 우리가 텔레비전에서 다시 보기를 한다면 최신 곡이 아니라 2주 전의 곡을 듣게 된다는 뜻이지요."

"음악이라……. 난 그쪽은 젬병이라서 말이지."

"음악은 유행을 탑니다. 아주 심하게요."

즉, 누가 먼저 최신 곡을 발표하느냐가 상당히 관건이다.

그리고 2주와 1주의 차이는 생각보다 심하다.

"호오."

한만우는 왠지 마음에 드는 표정이 되었다.

"그러면 각 지역마다 배당되는 아이돌이 다르겠지?"

"당연하지요. 그래야 경쟁전도 가능하거든요."

"경쟁전?"

"네, 경쟁은 홍보의 기본 중 기본이지요."

"경쟁이 기본이라니?"

"방송국에서는 왜 순위를 발표할까요?"

생각지도 못한 질문에 한만우는 뭐라고 대답해야 하나 하는 얼굴이 되었다.

그런 걸 생각해 본 적이 없기 때문이다.

"모르겠는데?"

결국 모른다고 순순히 인정하는 한만우.

알은척해 봐야 남는 게 없다는 것쯤은 그도 알고 있었다.

"경쟁전 모드로 들어가야 사람들이 관심을 가지거든요. 사람들은 서로 조화롭게 사는 걸 원하면서도, 반대로 한편으로는 경쟁을 통해서 누군가가 승자가 되기를 원하기도 합니다."

"그래서?"

"그래서 그 점을 이용해서 홍보를 해 볼까 합니다. 그러면 최소한 몇천의 팬덤을 가지고 시작할 수 있으니까요."

"경쟁을 이용한 홍보라······. 잘 모르겠는데?"

한만우는 어떻게 해서든 이해해 보려고 하다가 결국 포기해 버렸다.

그가 아무리 머리가 좋아도 결국 조폭인 점은 어쩔 수 없으니 전문적인 홍보를 이해할 수가 없었던 것이다.

"보시면 알게 될 겁니다, 후후후."

조직을 양성화시키고 노형진의 힘을 늘리고 연예계에 새로운 흐름을 만들어 낼 작전은 지금부터였다.

이름이 없어서 무명인 것이 아니다

"공연?"

"응."

일단 각 조직에 적당한 가수들을 배당하는 것은 어려운 일이 아니었다.

가수는 넘치고 양성화를 원하는 조직은 많으니까.

물론 조폭들과 함께 일한다는 점에서 우려가 있기는 했다. 과거에 조폭들이 연예계를 꽉 잡던 시기도 있었으니까.

그러나 그 배후에 대룡이 있다는 사실을 아는 조폭들이 섣불리 손을 쓰기는 힘들고, 설사 손쓰고 싶다고 해도 기본적으로 가수들이 그들 소속이 아닌 만큼 그들이 과거의 잘못을 다시 저지를 가능성은 낮았다.

이제 남은 것은 홍보뿐.

"그 지역에서 음악을 틀어 주는 것도 중요하지만 그 존재 자체를 홍보하는 것도 중요해."

"음악을 틀어 주는 게 홍보 아니야?"

"어느 정도 익숙하게 해 줄 수는 있지만 말이지, 그게 홍보 자체가 될 수는 없어. 너, 친구랑 술 먹으면서 배경에 깔리는 음악이 누구 음악인지 관심을 가진 적 있어?"

"음……."

잠깐 생각하던 손채림은 고개를 저었다.

그런 적은 거의 없다. 간혹 한두 번이야 있지만 말이다.

그나마도 과거에 들어 본 적이 있는 음악이라서 관심을 가진 거지, 전혀 새로운 음악에 관심을 가진 적은 없는 것 같았다.

"아…… 그래서 익숙하다는 게 중요하다는 거구나."

"그래. 인간은 단순하면서도 복잡하거든."

아예 새로운 곡은 관심을 갖지 않는다. 하지만 어느 정도 익숙해지면 그 곡에 관심을 가지게 되면서 그게 유행이 된다.

"술집에서 음악을 틀어 주면 익숙함은 줄 수 있지만 새로움은 주지 못해. 특히나 얼굴을 드러내지는 못하지. 우리가 방송을 대체하려고 한다면 얼굴을 드러내기 위한 방법을 찾아야 해."

"그게 공연이야?"

"그래."

"하지만 뭐 버스킹 같은 걸 하는 사람들은 많잖아?"

버스킹은 길거리 공연을 뜻한다. 그리고 무명 가수들이 가장 많이 쓰는 방법이기도 하다.

"하지만 그건 파급력이 약해. 솔직히 그거 해 봐야 몇 명이나 보냐? 잘해야 한 서른 명 되려나?"

"그러면 게릴라 콘서트?"

"게릴라 콘서트는 유명한 사람이 해도 숫자 맞추기 빡빡한데 무명이 되겠어?"

"그건 그러네. 우우우……."

손채림은 노형진의 생각을 읽어 내려고 열심히 머리를 굴렸다.

하지만 언제나 이런 창의적인 면에서는 그를 따라갈 수가 없었기 때문에 그녀는 두 손을 번쩍 들었다.

"그러면 어디서 할 건데?"

"학교."

"학교?"

"그래. 기본적으로 학교에서 할 거야. 최신 가요의 최대 소비층이 누구라고 생각해?"

"10대지. 이해는 하겠는데, 거기서 공연을 한다고 알아주겠어?"

"안 알아주겠지. 하지만 그게 자신의 선택이라면?"

"응?"

"내가 간단한 마술 하나 보여 줄까?"

"마술? 웬 마술?"

"카드 마술 말이야. 이 중에서 카드를 하나 골라 봐. 나한테 보여 주지 말고 말이야."

노형진은 서랍에서 작은 카드를 꺼내서 손채림에게 건넸고, 손채림은 그중 하나를 골랐다.

"그 카드 확실하게 기억했지?"

"그래."

"그러면 내가 그걸 찾아볼게. 일단 이 두 개의 뭉치 중에서 하나를 골라."

"그러면 이거."

그녀가 하나를 고르자 노형진은 그걸 자연스럽게 뒤로 뺐다.

"그러면 이걸 빼자. 그다음에 남은 걸 다시 나누고…… 이 중 하나를 골라."

"이번에는 이거."

"그러면. 이번에는 이걸 남기자. 아까는 뺏으니까."

그렇게 몇 번을 하고 나자 남은 것은 단 하나의 카드뿐이었고, 그걸 뒤집자 정확하게 손채림이 선택했던 카드가 나왔다.

"헐."

손채림은 기가 막히다는 듯 감탄했고 노형진은 씩 웃었다

"너 언제 마술도 배운 거야?"

"간단한 속임수지. 정식으로 배운 건 아니야."

"응?"

"넌 지금 네가 선택했다고 생각했지?"

"그래."

"카드를 선택한 건 너지만 그걸 어떻게 처리할지 결정한 건 나야. 안 그래? 그러면 그게 네가 선택한 거라고 할 수 있을까?"

"아하!"

분명히 그랬다.

둘 중에서 하나를 선택한 것은 그녀가 맞지만, 그게 남을지 아니면 버려질지 선택한 것은 노형진이다.

"이게 속임수야."

애초에 카드가 어디에 있는지 알 수만 있다면 이런 식으로 상대방이 선택한다는 심리적 함정을 이용해서 상대방을 끌어들일 수 있다.

상대방은 자신이 선택한 것이라 믿지만, 사실상 애초에 선택의 여부는 이쪽에 달려 있었던 것이다.

"이게 바로 선택의 함정이라는 거야. 만일 네가 내가 선택한 것은 무조건 버린다는 식의 결정을 내리고 임했다면 이건 성립될 수 없는 마술이지."

"그래서?"

"하지만 넌 선택했고, 그래서 기억에 확실하게 남았잖아."

"그렇지."

"그러니까 그걸 난 더 크게 보겠다는 거야. 자기들은 선택한다고 생각하지 않겠지만, 사실상 우리가 선택하는 거지."

"그걸 학교에서 공연하겠다?"

"그래."

"학교에서 허락할까?"

"돈이 안 든다면 허락하겠지."

"무대 설치비가 얼만데. 설마 홍보를 위해서 한다면서 그 학교에 있는 작은 단상 같은 데서 하려는 거 아니지? 그러면 의미가 없는데."

교장 선생님이 훈화하는 단상은 작아서 공연하기도 힘들다.

거기에다가 제대로 된 조명도, 마이크도 없으니 그곳을 공연할 수 있게 고치는 것도 상당히 힘든 일이다.

결국 돈이다.

"걱정 마. 그 준비는 하고 있으니까."

노형진은 씩 웃었다.

"무대는 그렇다고 쳐. 그러면 어디서 할 건데?"

"일단은…… 이곳."

노형진은 인터넷에서 한 학교의 이름을 골랐다.

수한남자고등학교.

"이곳이 시작점이야."

"야, 소문 들었어?"

"응? 무슨 소문?"

학교란 공간은 매일매일이 비슷하다. 그래서 약간은 지겹다고 생각하는 경향이 있다.

그렇다 보니 새로운 소식이 들어오면 눈 깜짝할 새에 퍼진다.

"아이돌이 와서 공연한대."

"공연? 웬 공연?"

"나야 모르지. 그것만 확실한 건데."

"누구 온대? 체리레드? 블랙로즈?"

"우리보고 고르라는데?"

"응?"

"무슨 소리야?"

"나도 몰라."

처음에는 소문이었다.

뜬금없이 아이돌이 공연하러 온다는데 그걸 자신들이 고르라는 것이 학생들의 입장에서는 이해가 되지 않는다.

하지만 자세한 정보는 없었고, 그런 소문만 사방에 퍼졌다.

더군다나 공연 소식도 그냥 와서 두어 곡 부르고 가는 게 아니라 방송과 관련해서 일주일 동안 같이 생활하는 그런 촬영이라고 했다.

그러니까 아침에 학교에 와서 집에 갈 때까지 말이다.

당연히 흥분한 아이들은 담임이 들어오자 그걸 물어봤다.

"아, 그거 말이지."

"네! 온대요? 진짜? 진짜?"

"어…… 그거 뒤집……."

"우우우."

"쳇, 그럴 줄 알았어."

뒤집혔다고 말하려고 하는 줄 알고 입을 삐쭉 내미는 아이들.

"뒤집힐 뻔했는데 그냥 한대."

"오오!"

"만세! 누구 오는데요?"

"나야 모르지."

"응?"

"안 그래도 공지하라고 했으니 공지한다. 앞으로 일주일간 두 개 팀이 여기서 홍보할 거야. 뭐, 직접 오는 건 아니고 선거하듯이 포스터 붙이는 정도? 그리고 일주일 후에 투표할 거야."

"그래서요?"

"그래서 너희가 선택한 사람들이 온다."

"헐? 그게 방송 콘셉트예요?"

"그렇대."

담임은 이해할 수 없다는 듯 고개를 흔들었다.

"보통은 그냥 보내 주는데."

"그러면 어떻게 해야 해요?"

"어떻게 하긴. 한 표라도 더 얻은 쪽이 와서 너희랑 있는 거지."

"오오!"

"오오는 무슨. 그 열정으로 공부를 해, 이 자식들아."

하지만 담임의 말은 이미 아이들에게 들리지 않았다.

⚖️

"써클렛! 답은 정해져 있어!"

"써클렛!"

"하지만 블루라벨도 나쁘지 않은 것 같은데."

"무슨 소리야! 답은 써클렛이지!"

일주일 동안 학교 내부에서는 오로지 그 이야기뿐이었다.

아이돌이 와서 생활을 한다. 그것도 하루종일.

당연히 아이들은 잔뜩 기대하고 있었다.

"블루라벨도 좋을 것 같은데."

"이 새끼 취향 참 특이하네."

"난 멀쩡하거든."

"답은 써클렛이지."

"그런가?"

"얀마, 포스터 딱 보면 모르냐? 느껴지는 포스가 다르잖아, 포스가!"

자신이 원하는 가수들을 부르기 위해서 학생들은 다른 사람들을 포섭하고자 노력했다. 혹시나 자신이 원하는 사람이 안 오면 섭섭하기 때문이다.

"그러니까 써클렛으로 가, 써클렛으로."

"음……."

"얀마, 한 번만 뽑아 주라. 내가 햄버거 한번 쏠게."

"그거 부정선거 아냐?"

"대통령 뽑는 것도 아닌데 친구 한 번만 살려 주라."

"그래, 좋아. 햄버거 콜."

"아싸!"

친구가 콜을 부르자 방방 뜨는 남학생.

그의 간절한 소원을 하늘이 들어준 건지 다음 날의 투표에서 78 대 22로 써클렛이 드디어 오게 되자 사방에서 환호가 터져 나왔다.

"만세!"

"야호!"

방방 뜨는 아이들을 보면서 손채림은 왠지 그 애들이 불쌍하다는 듯 혀를 끌끌 찼다.

"저 애들은 너한테 속았다는 사실을 알까?"

"모르겠지. 안다고 한들 어쩌겠어? 그냥 뭐."

애초에 여기 오기로 되어 있던 것은 써클렛이었다. 다만 저 아이들이 그걸 모를 뿐.

"그런데 어떻게 조작한 거야? 저 아이들은 자기가 고른 거라고 철석같이 믿고 있는데."

분명히 저 아이들은 직접 투표했다. 그리고 환호하는 걸 봐서는 미리 표를 준비한 것도 아니다.

그럼에도 불구하고 노형진은 이미 결과를 알고 있었다.

"그거? 간단해. 써클렛과 블루라벨의 차이가 뭐라고 생각해?"

"응? 글쎄."

"써클렛은 걸 그룹, 블루라벨은 혼성 그룹이지. 블루라벨에는 남자가 끼어 있어."

"그거야 그런데."

척 봐도 그건 알 수 있다.

그런데 그런 단순한 이유로 아이들이 써클렛을 부를까?

"요즘 너 혼성 그룹 본 적이 있어?"

"어…… 없지."

"그래, 이성이 끼어 있는 그룹은 뜨기 힘들어. 옛날에는 간혹 있었지만 지금은 거의 없지. 팬덤은 극단적이거든. 좀 독하게 말해서, 여자들 사이에 끼어 있는 남자 멤버는 다른 남자들에게는 하렘을 가진 라이벌처럼 느껴지지."

"헐."

"여자도 마찬가지야. 혼성 그룹에 있는 여자는 여자 팬들을 만들기가 힘들지. 그룹의 멤버가 아니라 팬덤의 경쟁자적 위치가 되어 버리거든."

그걸 예상한 노형진은 그 둘을 경쟁을 붙인 것이다.

당연히 남고라는 특성상 걸 그룹으로 몰릴 수밖에 없다.

"다른 학교는?"

"응?"

"남녀공학 같은 곳 말이야. 솔직히 남고나 여고같이 한쪽 성별만 있는 곳은 그런 게 가능하지만 그렇게 섞여 있는 곳은 힘들잖아? 그리고 너도 말했다시피 혼성 그룹이 많은 게 아니라 혼성 그룹만 라이벌로 세우는 것은 왠지 이상하고."

"그것도 생각했지. 너, 이 포스터 보면서 뭐 느끼는 거 없어?"

"음......."

손채림은 두 장의 포스터를 한참 바라보았다.

그리고 한참 지나고 나서야 한 가지 사실을 알아차렸다.

"영...... 구린데?"

한쪽 포스터, 정확하게는 혼성 그룹인 블루라벨의 포스터가 묘하게 색감이 안 맞았다.

"이야......."

이래서는 자신도 모르게 한쪽으로 쏠릴 수밖에 없다.

"이런 식으로 하면 자신도 모르게 써클렛을 선택할 수밖에 없네."

"간단한 심리적 함정이지."

물론 예상과 다른 결과가 나올 수도 있다. 그런다면 전략 자체를 바꿔야 한다.

자신들이 짠 결과조차도 뒤엎을 만큼 그들이 매력적이라는 뜻이니 그들을 적극적으로 활용하는 방식으로 말이다.

"이런 식으로 각 학교마다 행사를 할 거야."

"쉽게 말해서 각 지역을 대표하는 아이돌을 만들듯이 각 학교를 대표하는 아이돌을 만들겠다 이거네?"

"그렇지."

한 학교에 수천 명의 아이들이 있다.

전부가 팬이 될 수는 없지만 상당수 팬이 될 가능성이 존재하니 팬 한 명 한 명이 소중한 무명 가수들에게는 엄청난 전력이 될 것이다.

일주일이 길다면 길지만 사실 공연 자체가 그다지 없는 무명 가수들이니 일주일 정도 시간을 내는 것은 어려운 일이 아니다.

일주일 내내 지방 공연을 다녀도 팬 백 명을 만드는 게 힘든 게 현실이니.

"거기에다가 이 세대는 인터넷에 익숙한 세대야. 그러니 자연스럽게 인터넷에 가수들의 이름을 언급하게 되겠지."

"오호."

무명이라는 것은 진짜 이름이 없다는 게 아니라 이름이 알려져 있지 않다는 것.

수천 명이 계속 언급하면 그 이름은 계속 드러나게 된다.

"하여간 머리는 좋아요."

"내가 한 머리 하지."

노형진의 창의력을 대단하다고 생각하면서 손채림은 한 가지 문제점을 지적했다.

"하지만 말이야, 무명이잖아. 그런데 애들이 그렇게까지 반응할까?"

"반응하지."

"어째서?"

"무명이라는 것은 대중에 알려지지 않았다는 뜻이야. 내가 왜 일주일 전에 공지하고 포스터를 붙여서 홍보했을까?"

"응?"

"인간은 보고 싶은 것만 보고 믿고 싶은 것만 믿지. 사실 진짜로 객관적 정보라는 것은 극도로 드물어."

"그게 무슨 소리야?"

"간단하게 보자. 토마토는 야채야, 아니면 과일이야?"

"어? 야채 아니야?"

"그건 객관적인 정보지?"

"그렇지."

학교에서 배울 때도 토마토는 야채로 취급된다.

그러니 당연히 토마토가 야채라는 것은 객관적이고 절대적인 사항이다.

"하지만 미국에서는 과일에 들어가."

"엥?"

그런 소리는 또 처음 들어 봤기 때문에 손채림은 의아했다.

"절대적 객관성이라는 것은 극히 일부에 지나지 않아. 대부분의 객관은, 일반적으로 자신이 속한 집단이 그 판단의 기준이 되지."

가령 살인이 절대 악이라고 생각하는 곳이 있을 수도 있지만 정작 전쟁터에서는 당연한 일이고 또 해야만 하는 일이다.

군대라는 집단의 목적이 바로 그것이니까.

현대에 와서는 아이들은 보호의 대상이지만 옛날에는 아이들은 그냥 크기만 작은 어른 취급인지라 노동에 이용되는 게 자연스러운 현상이었고, 아프리카에는 그게 지금도 이어지고 있다.

"하지만 지금은 아니잖아?"

"그렇지."

"그러니까 무명도 결국은 집단 내에서의 기준이 최우선된다는 거야."

"아하!"

손채림은 노형진이 왜 일주일 전에 미리 공지하고 번거롭게 투표하며 또 조작해서 한쪽이 선발될 수 있게 하는지 알 것 같았다.

애초에 쉽게 가려고 하면 그냥 일주일 동안 같이 촬영하게 하면 되는 것인데 말이다.

"무명이지만 무명이 아니겠구나."

"그렇지."

일주일 내내 학교에서는 그 문제로 이런저런 이야기가 나왔을 테고, 자기 주변에서 써클렛의 이름이 자주 나올 수밖에 없으니 당연히 무명이라는 느낌이 들지 않는다.

그러면 최소한 학교 내에서는 상당한 유명세를 가진 그룹이 된 셈인데, 거기에 자신이 선택했다는 정당성까지 부여되면 학생의 대다수가 자연스럽게 팬이 될 수밖에 없다.

"넌 광고를 해도 먹고살았겠다."

전혀 예상하지 못한 방식으로 홍보를 한 노형진을 보면서 손채림은 혀를 내둘렀다.

"이제 시작이야. 이곳에서만 유명해진 거니까."

"그러면?"

"이제는 다른 곳에도 유명하게 만들어야지."

노형진은 머릿속으로 수많은 계획을 구상하고 있었다.

⚖

"으하하!"

유민택은 기분이 좋았다.

인터넷에서 뿌린 방송이 상상 이상으로 반응이 좋았다.

"제작비는 얼마 안 들었는데 의외로 반응이 좋더군."

대룡 정도 되는 그룹이면 사내 방송 팀이 있기 마련이다.

그들을 이용하고, 없는 장비는 외부에서 렌탈을 하는 방식으로 제작했더니 제작비는 그다지 들지 않았음에도 인터넷에서는 호평을 받고 있었다.

"참신하다는데?"

"그렇지요?"

학교에서 단순히 같이 수업을 하는 게 아니다.

각 멤버들이 원하는 반에 들어가서 친밀도를 쌓고, 다른 멤버가 들어 있는 반과 대항전도 하면서 학생들과 친해지는 형식의 방송.

기존의 경쟁에만 지친 사람들에게는 생소하면서도 친밀한 느낌이 딱 맞아떨어진 것이다.

"거기에다 학생들을 대상으로 한다는 점에서 반응이 좋아."

학업에 지친 학생들을 위한 프로그램.

물론 학생 대상 프로그램이 있기는 하지만 대부분 도금벨이나 장학 게임과 같은, 공부 위주의 프로그램으로 구성되어 있다.

"하지만 말 그대로 아이들이 놀 만한 걸로 하니까요."

아이들이 즐길 만한 거리로 구성된 게임이다 보니 아이들은 자연스럽게 그 게임에 빠져들었고 호응도는 장난이 아니었다.

"벌써 참여를 원하는 학교들이 줄을 섰네."

"천천히 하세요. 가수들은 많으니까요."

"그렇지. 하지만 솔로 가수들이 문제군."

"솔로 가수들은 팀을 구성해서 들어가야지요."

고개를 끄덕거리는 유민택.

기본적으로 팀제로 운영되는 프로그램인 만큼 혼자서 커버하는 데 한계가 있을 수밖에 없다.

"그래서 말인데……."

"또 왜 그러십니까?"

"다른 것 좀 토해 내 봐."

유민택은 확실하게 느끼고 있었다.

여기서는 돈 냄새가 난다. 그것도 적지 않은 돈 냄새가.

'이런 보물을 만난 것도 기적이지.'

노형진을 만나면서 망해 가던 회사가 살았고, 끊어질 뻔한 대가 이어졌으며, 진실을 알고 복수까지 했다. 그리고 생각지도 못한 큰 사업의 냄새도 맡았다.

"안 그래도 한류 한류 하는데, 이번 기회에 자네가 좀 도와주면 아주 크게 한 건 하겠어."

"제가 그러니까 적지 않은 돈을 투자했지요, 후후후."

한류의 힘은 크다. 그리고 지금이 딱 한류가 최전성기를 이루고 있을 때다.

"벌써 몇몇 기업들이 돈을 낼 테니 드라마를 만들어 줄 수 있느냐고 묻더군. 미니 시리즈 수준이지만."

"가능하지요. 작가는 구하고 계십니까?"

"넘쳐 나. 하하하."

사람들은 드라마를 만드는 데 엄청나게 돈이 많이 든다고 생각한다.

하지만 그건 상대적인 것이다.

일단 좀 유명한 작가를 쓴다고 하면 그 비용이 회당 5천이 넘는다. 더군다나 유명한 배우가 출연하면 그 출연료 역시 수천만 원이다.

그런 구조에서는 돈이 많이 들 수밖에 없다.

"하지만 홍보 드라마는 그렇게 많이 안 들지요."

연기력이 되고 능력이 되는 신인이나 무명 배우를 기준으로 해서 촬영하다 보니 촬영비는 얼마 안 든다.

그 후에 가장 많이 드는 것이 세트 장비인데, 홍보 드라마라는 특성상 세트가 아니라 현장에서 촬영하는 경우가 많아서 그 비용도 그리 많지 않다.

더군다나 대룡은 자기네 방송 팀이 있으니까 그 규모만 조금만 더 늘리면 되는 것이다.

물론 수십억이 들어가는 대하드라마 같은 것은 만들 수가 없다. 하지만 젊은 남녀의 청춘 드라마 같은 것이나 시트콤은 충분히 만들 수 있다.

더군다나 방송처럼 일정 횟수가 정해진 게 아니라서 짧게

10회나 20회 정도로 만드는 것도 불가능한 것은 아니다.

사실 한국의 드라마 구조가 너무 긴 것도 사실이고.

"이번에 괜찮은 시나리오 작가가 한 명 들어와서 우리 회사 홍보 드라마를 만들어 보려고 하는데 어떤가?"

"뭐, 원하신다면요."

이번 사업은 대룡만 투자한 게 아니라 노형진도 적지 않게 투자했다. 그러니 노형진에게 말해 두는 것이다.

"시나리오가 나오면 자네에게 한번 보여 줌세."

"전 그런 건 잘 모르는데요."

"그래도 나보다는 잘 알 것 같은데?"

"글쎄요……."

노형진도 그다지 드라마를 많이 보는 타입이 아닌지라 시나리오만 보고 판단하는 것은 힘들다.

'주변에 젊은 여자들이 많으니 부탁해 보지, 뭐.'

그건 어려운 일이 아니니 노형진은 가볍게 넘어가기로 했다.

"그러면 다른 건수 좀 말해 보게나."

"다음 대상은 군대입니다."

"군대?"

뜬금없는 말에 유민택은 고개를 갸웃했다.

"거긴 완전히 걸 그룹만을 위한 공간 아닌가?"

"그건 맞기는 하죠."

학교는 남자 그룹에도 공평한 기회가 있을 수 있다. 여학교도 적지 않고, 남녀공학에도 여자가 있으니까.

하지만 군대는 아니다. 오로지 남자만 있는 집단이다.

"그런데 왜 군대야?"

"두 가지 이유에서입니다."

우선 현실적으로 걸 그룹이 더 많이 데뷔하기 때문이다.

공평한 균형이라고 하지만 일방이 더 많은 상황이니 결론적으로 남자 그룹이 두 배 이상의 출연 기회를 가지게 된다.

그리고 두 번째는 바로 인터넷을 노리기 위한 것이다.

"인터넷을 노려?"

"네, 이번 일에서 노리는 건 인터넷입니다. 공연하는 건 걸 그룹이지만, 우리가 노리는 건 여자들이지요."

"으응? 그게 무슨 말인가?"

군대는 남자들만의 집단이라고 봐도 무방하다. 소수 여군이 있지만 말 그대로 소수이고, 절대적으로 남자들의 집단이다.

그런데 노리는 게 인터넷의 여자들이라니?

"여성 커뮤니티의 파급력은 대단합니다. 뭐, 남자들 역시 대단한 건 있지만, 이런 감성적인 전략은 여자들이 더 먹히죠."

"감성적 전략?"

"네."

"무슨 계획인지 한번 말해 보게. 상당히 기대되는군."

"고무신을 노리는 겁니다."

"고무신? 아니, 21세기에 웬 고무신?"

"남자 친구를 군대에 보낸 여자들을 고무신이라고 합니다. 뭐, 어머니들을 노리는 것도 방법이기는 하지요. 하지만 인터넷에 익숙한 건 고무신, 즉 여자 친구들이니까요."

노형진은 유민택에게 사업 계획을 설명하기 시작했다.

일반적으로 걸 그룹이 군대에 가서 공연을 하는 것은 방송에서 특별한 경우가 아니면 없다. 그나마도 상당히 제한된 경우에 한다.

그리고 그 권한은 부대장이 가지고 있다.

당연히 부대장이 꼴통일수록 그런 기회는 멀어진다.

"하지만 위문 부대가 있지 않나?"

"위문 부대는 별로 인기 없습니다."

"왜?"

"시커먼 남자만 나오는데 좋아하겠습니까?"

위문 부대의 주요 멤버는 군대에 끌려온 남자들이다. 당연히 상대적으로 인기가 없을 수밖에 없다.

물론 여성 그룹을 부르는 경우도 있지만 그런 경우는 드물고, 오래 있지도 않는다.

군대란 집단은 장군이 골프를 치기 위해서 수백억을 버리는 건 괜찮아도 장병들의 수통 하나 바꿔 주는 건 아까워하는 곳 아닌가?

그런 곳이 장병들의 사기를 위해서 비싼 돈을 주고 연예인을 부를 리 없다.

"일반적으로 군대의 공연비는 3분의 1 이하입니다."

"헐."

"그래서 대다수의 걸 그룹은 봉사 개념으로 접근하지요."

더군다나 군통령 군통령 하면서 방송에서 띄워 주기는 하지만, 군인은 군인일 뿐이다.

억압된 상황에서 그들이 경제적으로 그룹에 도움을 줄 수 있는 것은 없다.

외부에서는 개개인이 음악 CD 등을 사거나 굿즈를 구매할 수 있지만 군인들은 그게 가능할 리도 없고, 설사 CD를 산다고 해도 어차피 플레이가 가능한 물품은 개인이 아니라 공용으로 쓰기 때문에 돌려서 듣기 마련이다.

"그래서 뭐 인기가 있겠나?"

"그러니 고무신들을 이용해야지요."

여자들의 커뮤니티는 상당한 파급력과 동원력을 가진다.

"그곳에다가 무료 공연권을 거는 거죠."

"무료 공연?"

"네."

기존의 군대에서처럼 지휘관이 부르는 것이 아니라 여자 친구가 남자 친구가 있는 부대에 위문 공연을 신청할 수 있게 하는 것이다.

일종의 깜짝 선물처럼 말이다.

일부 꼴통 지휘관이 있는 곳들은 그런 기회가 온다고 해도 거절하겠지만 대부분의 정상적인 지휘관들은 받아들일 테니 자연스럽게 군대에서 공연이 가능하게 될 것이다.

"하지만 군인은 돈이 안 된다면서?"

"영원한 군인은 직업군인뿐이니까요."

한국은 징집 국가다. 그러니 대부분의 사람들은 제대하면서 민간인으로 돌아온다.

그리고 그때는 정상적인 팬클럽 활동이 가능하다.

"한번 공연하면 최소 수백 명에서 수천 명이 모여들 겁니다."

그러면 그들은 확실하게 그룹을 기억할 수 있을 것이다.

대부분의 사람들에게 걸 그룹을 실제로 보는 것은 그게 처음이자 마지막이 될 테니까.

"흠…… 그럴 수도 있지. 하지만 그걸 어디다 써먹어?"

"일단은 방송에 팔아야지요."

"팔릴까?"

유민택은 부정적인 입장이었다.

군대 프로그램을 살 만한 방송국은 없어 보였으니까.

"다른 곳은 안 사겠지요."

"살 곳이 있다는 것처럼 말하는군."

"국방TV에서는 살 겁니다."

"그런 데도 있었어?"

유민택은 어리둥절한 얼굴로 바라보았다.

"있습니다, 알려지지 않았을 뿐."

심지어 군인들도 모르는 '국방TV'라는 채널이 있다.

그곳에 판다면 관련 프로그램인 만큼 확실히 구입해 줄 가능성이 높다.

"물론 가격은 얼마 안 하겠지만요."

"군대라."

확실히 그런 곳이면 충분히 이런 프로그램을 살 수 있다.

"우리는 광고를 하고 말이지."

"네."

"좋은 생각이야."

물론 적자는 볼 것이다. 하지만 적자를 보내는 대신에 확실하게 광고효과를 노릴 수 있다.

애초에 광고라는 것이 적자를 기반으로 흑자를 만들어 내는 것이다.

"지금까지 연예인이라는 존재에 대한 광고 개념은 약했지요."

하지만 그들은 성공하기 위해서 충분히 그럴 의지가 있다.

당장 방송 프로그램 중 음악 방송 같은 경우는 출연료가 터무니없이 낮아서, 가면 적자를 피할 수 없다.

하지만 자신들을 알리기 위해서 다들 군소리하지 않고 출연하는 것이다.

"우리는 광고로 움직이는 거대한 방송국을 가지게 될 겁니다."

노형진은 자신이 있었다.

⚖

"세아야."

"응?"

"네 남친, 부대에 잘 있다고 하디?"

"그렇겠지."

유명한 학과 내 CC였던 세아는 남친을 군대에 보내고 나서 하루하루가 걱정이 태산이었다.

뉴스만 틀면 나오는 자살을 했네 맞아 죽었네 하는 소리가 절대 남의 말로 들리지 않았다.

"잘 지내는지 알아야지, 하아."

"그렇게 걱정되면 너도 그거 신청해 보지?"

"뭘 신청해? 면회? 면회야 자주 가려고 하지."

"아니, 그거 말고."

친구는 모르는가 싶어서 손을 흔들며 설명해 줬다.

"'사랑의 선물'이라는 프로그램 말이야."

"사랑의 선물?"

"응."

"그게 뭔데?"

"남자 친구한테 가수를 보내 주는 프로그램이야. 요즘 한창 이야기들 하던데?"

"가수?"

"응. 여자 친구나 가족이 신청하면 가수들이 그 부대에 가서 공연을 해 주는 거래."

"그런 게 있어?"

"대룡에서 한다지?"

처음 듣는 프로그램이지만 세아는 왠지 혹했다.

그래도 그런 식으로 한번 공연해 주고 나면 아무래도 선임이라는 사람들이 좋게 생각해 줄 것 같았기 때문이다. 후임 덕분에 걸 그룹까지 왔는데 괴롭히거나 하지는 않을 것 같았다.

"그거 어떻게 하는 거야? 그냥 방송국에 신청하면 돼?"

"그건 아니야. 자기가 가서 신청할 때 보내고 싶은 그룹을 직접 골라야 해."

"엥? 어째서?"

"나도 모르지. 취향이 다 달라서라고는 하던데."

"그런가?"

뭔가 이상하다고 생각하면서도 세아의 머릿속에서는 오로지 그 생각뿐이었다.

"그걸 신청하면 그냥 보내 준다고? 공짜로?"

"공짜로. 그래서 고무신 커뮤니티에서는 제법 시끄러운 모양이더라."

"그래?"

"응. 너도 한번 들어가 봐."

"알았어."

그녀는 그렇게 말하면서 몇 번이고 '사랑의 선물'이라는 프로그램 이름을 되새겼다.

발 없는 말이 천 리를 간다는 말이 있다.

소문은 그만큼 빠르게 퍼지기 시작했다.

더군다나 신청을 하고 난 후에 랜덤하게 가는 게 아니라 그 주에 가능한 팀을 미리 공지하고 그중 선택해야 한다는 점 때문에 거기에 공지된 팀에 대해서 여자들이 조사하기 시작했기에 자연스럽게 홍보되었다.

심지어 군대 내부에 있는 사람들이 가족들이나 여자 친구에게 신청해 달라고 하는 경우도 많았다.

"엄청나게 많네."

신청자들은 넘치고 홍보는 확실하게 효과를 발휘하고 있었다.

단시일 내에 대룡이 밀어주는 그룹에 대한 인지도는 폭발적으로 늘어났다.

그리고 그 효과를 두 눈으로 기획사 사장들은 자신들도 참여하겠다고 부랴부랴 뛰어오고 있었다.

"이렇게 많은 사람들이 신청할 거라고 생각이나 했어?"

"했지."

"헐."

"생각해 봐. 100만 대군이라고 하면 그 가족은 못해도 300만 이상이야. 그들을 대상으로 이벤트를 하는 셈인데 이 정도 반향도 없겠어?"

"그런가?"

"그냥 무차별적인 이벤트라면 아마 도리어 관심이 없었을걸."

누가 부르든 간다면 오히려 관심이 이 정도까지 커지지는 않았을 것이다.

하지만 군인이라는, 누가 들어도 애틋한 사람들을 미끼 삼아서 이벤트를 했고 그 점은 사람들의 감성을 자극했다.

"인간은 원래 좋은 일을 하라고 한다고 하면 무척이나 마음이 약해지거든. 군인이라는 존재가 그다지 좋은 대접을 받는 건 아니잖아?"

"그건 그렇지."

"그러니까 가족들과 여자 친구 그리고 친구들은 뭐라도 하나 해 주고 싶어 하는 거지."

"음……."

"거기에다가 이런 경우는 부대에서 자연스럽게 포상 휴가를 뿌리는 게 일종의 묵계 같은 거잖아."

"그래? 난 몰랐네."

이런 프로그램에 나가면 각 부대의 부대장들은 포상 휴가를 마구 뿌린다.

그러니 군인들은 너도나도 열광적으로 호응하는 것이다.

"님도 보고 뽕도 따고?"

"너 왠지 말투가 이상하다?"

"킥킥킥."

손채림은 킥킥거리면서 웃었다.

"그런데 방송은 어떤 식으로 할 거야? 마냥 공연만 할 건 아니잖아. 랭킹전을 하기도 참 애매하고."

군인이라는 특성상 랭킹전을 한다고 해도 참여할 수가 없다. 거기에다가 학생들처럼 투표로 선출하기도 애매하다.

막말로 아무리 걸 그룹을 원해도 대대장이 남자 트로트 가수로 뽑으라고 하면 남자 트로트 가수로 뽑아야 하는 것이 군인들의 숙명.

"이번에는 좀 잔인하게 놀아 볼까 하고."

"잔인?"

"응, 경쟁전."

"경쟁전은 또 뭐야?"

"간단해. 군인들의 사명이 뭐야? 전쟁 아니야?"

"그렇지."

"그러니까 각 부대간 서바이벌을 방송 콘셉트로 잡아 볼까 해."

"헐."

노형진의 방송 콘셉트는 간단했다.

학교와 마찬가지로 각 부대에는 지정된 그룹이 붙을 것이다.

하지만 학교에서는 함께 생활하면서 홍보를 노리는 것과 다르게, 부대에서는 함께 생활하되 각 부대가 서바이벌 게임을 하게 되어 있다.

그리고 승자의 팀은 공연을 하고 패자의 팀은 공연을 하지 못하는 것이다.

"헐."

생각보다 잔인한 룰에 손채림은 깜짝 놀랐다.

지금까지 상생을 중요하게 여긴 노형진이 그런 스타일을 추구할 거라고는 생각하지 못했던 것이다.

"어떻게 하려고 하는데?"

"룰은 간단해."

각 부대는 두 개의 팀으로 구성되어 있다.

하나는 공격 팀, 하나는 수비 팀.

공격 팀은 상대방의 진지를 공격해서 소속 그룹을 탈락시키는 것이 목표이며, 수비 팀은 그걸 막아 내는 것이 목표이다.

"장기 같은 거구나."

"그래."

모조리 다 죽어도 왕만 지키면 이기는 것이 장기다.

서바이벌도 마찬가지다. 아군 그룹만 지켜 내면 이길 수 있는 것이다.

"너무 잔인한 것 같아."

"생각보다는 잔인하지 않은 것 같은데?"

"그렇잖아. 지는 팀은 공연을 하지 못한다니. 너무 슬픈 거 아냐?"

노형진은 피식 웃었다. 손채림도 다른 사람과 비슷한 생각을 하고 있었기 때문이다.

사실 그게 노형진이 원하는 바이지만 말이다.

"생각보다 안 잔인해. 너, 왜 가수들이 가요 프로가 아니라 예능에 집중하는지 알아?"

"응? 글쎄. 잘 모르겠는데?"

"예능은 지속적으로 얼굴이 드러나지. 그에 반해서 가요 프로는 한번 스치고 지나갈 뿐이야. 노래를 알리는 것도 중요하지만, 무명일 때는 얼굴을 알리는 게 더 우선이야."

"그래서?"

"이런 식으로 팀을 구성하면 너처럼 생각하는 사람이 많을 거야."

적절할 갈등과 긴장감.

그건 이런 경쟁을 하는 프로그램의 필수적인 요소다.

그리고 패배는 일견 보면 노래를 한 곡도 하지 못하고 나오니 아무것도 하지 못한다고 생각한다.

그러나 사실은 그게 아니다.

"말했다시피 이 게임에서 왕은 장교가 아니라 가수야."

당연히 방송 내내 그들의 모습이 나갈 것이다.

그러니 얼굴을 알린다는 가장 기본적인 요소는 완성한 셈이다.

"이 상황에서 노래를 알린다는 것은 부차적인 거지. 그리고 의외로 우리나라는 동정표라는 게 있거든."

"응?"

"만일 그 가수가 노래를 하지 못하고 탈락하면, 사람들은 어떻게 할 것 같아?"

그냥 모른 척할 수도 있다.

하지만 어떤 사람은 그들에 대해서 찾아보고 그들의 음악을 들을 것이다.

그중에는 자기 취향에 맞는 사람도 있을 테고.

"홍보의 방식이 달라질 뿐이지 결과는 똑같아."

방송에 나와서 노래를 불러서 자기 노래를 알리느냐, 아니면 동정표를 얻어서 인터넷에서 검색될 것이냐의 차이일 뿐.

물론 대중적인 면에서는 방송이 유리할 수도 있지만, 찾아서 본다는 점은 우호적인 감정을 기반으로 깔기 때문에 고정적인 팬클럽의 확보에서는 지는 게 나을 수도 있다.

"너 참 대단하다."

"뭐가?"

"그렇게까지 치밀하게 구성하면 머리 안 아파?"

"별로."

노형진은 피식 웃었다.

자신은 큰 그림만 그릴 뿐이다. 이다음에 진짜 머리 아픈 건 PD들이 할 일이고.

"그 정도는 별거 아니야."

어깨를 으쓱한 노형진은 시계를 흘낏 보더니 자리에서 일어났다.

"가자."

"어딜?"

"어디긴. 작전을 짰으면 무대를 만들어야지."

"엉?"

벌써 무대를 만든다는 말에 손채림은 고개를 갸웃할 수밖에 없었다.

뉴 챌린저

무대라는 공간은 두 가지 종류가 있다.

하나는 고정된 공간에 만들어진 곳이다.

그런 곳은 시설이 좋은 반면 고정되어 있기 때문에 공연을 하거나 그걸 보고자 하는 사람이 거기까지 와야 한다는 문제가 있다.

반대로 조립식 무대는 아무래도 자신들이 찾아갈 수 있지만 그걸 조립하고 설치하는 비용이 많이 든다.

붙였다가 뗐다가 하기를 반복하니 무대의 비용도 계속 나가기 때문이다.

"그래서 이런 걸 만든 거야?"

"어때?"

"우와……."

커다란 트레일러를 보면서 손채림은 탄성을 내질렀고, 유민택도 직접 보러 와서는 대단하다고 칭찬을 했다.

"자네, 발명가 기질이라도 있는 건가?"

"그건 아닙니다만, 그냥 필요해서요."

"필요라……."

노형진은 사실은 미래에 있는 아이디어를 살짝 바꾼 거라고 말하지는 않았다.

'그것보다는 훨씬 좋은 거니까.'

눈앞에 있는 물건, 그건 다름 아닌 탑차였다.

보통 커다란 트럭에 덮개를 씌운 것을 탑차라고 하는데 이 탑차는 기존의 탑차와는 확실하게 달랐다.

"일단 뚜껑 부분을 많이 보강했지요. 이 정도면 어지간한 무게에는 까딱도 안 할 겁니다."

뚜껑을 열자 드러나는 수많은 쇠기둥들. 그리고 그 쇠기둥에는 조명을 걸 수 있는 고리가 설치되어 있었다.

"아래쪽 바닥은 삼중으로 되어 있지요. 앞으로 쭈욱 당겨서 고정 장치를 내리면 훌륭한 무대가 됩니다."

학교나 부대에 있는 단은 규모도 작고 공연을 할 수 있는 공간으로 보기는 힘들다.

그렇다고 매일같이 이곳저곳 다니면서 공연장을 만들었다가 해체할 수는 없는 노릇이다.

그렇게 되면 제작비가 엄청나게 올라갈 수밖에 없다.

"그리고 이 뒤쪽에서는 LED를 이용한 배경이 나오고요."

노형진의 설명과 동시에 빠르게 움직이는 사람들.

채 20분도 되지 않아 차량은 하나의 훌륭한 무대가 되어 있었다.

"무게나 안전 문제 때문에 걸이식 조명과 스피커는 다른 차량에 가지고 다니기는 합니다만, 그걸 옮겨 오는 건 얼마 걸리지 않지요. 거기에다가 발전기까지 있으니 충분히 스피커를 쓸 수 있을 겁니다."

사람들은 스피커라고 하면 그냥 코드만 있으면 되는 줄 알지만 이런 행사용으로 쓰는 스피커는 출력이 강해서 일반적인 전압으로는 안 된다. 그래서 그걸 지원해 줄 수 있는 발전기가 꼭 필요하다.

그렇게 설명하는 사이에 사람들은 시험 삼아서 여기저기 뛰어다니면서 설치하기 시작했고, 얼마 되지 않아서 하나의 무대가 완성되었다.

"양 사이드의 천막은 뭔가?"

"아무래도 운전석이 보이면 집중이 안 되니까요."

검은색 천막으로 운전석을 가리자 순식간에 주변이 가려지면서 훌륭한 몰입감까지 만들어 냈다.

그리고 미리 만들어 준 여러 차단 장치로 촬영할 때 보기 흉한 것을 가리면 충분히 이동식 무대가 될 수 있다.

"대략 한 시간 20분 정도 걸리는군요."

새로 사서 아직 익숙하지도 않고 또 인원이 아직 배정된 게 아니라서 사람이 부족한 것까지 생각하면. 익숙해지고 사람이 배정되면 40분에서 50분이면 무대 설치가 완성된다는 소리다.

"이렇게 하면 제작비도 많이 줄어들 겁니다."

"듣던 중 반가운 소리군."

사실 출연료는 어차피 광고 차원에서 출연하는 거니 싸게 한다고 하더라도 무대를 설치하고 해체하는 비용이 못해도 수천이다.

그런데 매주 그걸 해야 하니 적지 않은 부담이 되었는데, 이런 식이면 한 달에 이것저것 해도 관리비 정도의 돈만 나갈 것이다.

"스피커도 제법 좋은 걸 중고로 사서 돈을 많이 들인 게 아니니까요."

"그런 게 중고로 나와?"

"의외로 많아."

그렇게 설치한 무대에서 시험 삼아 음악을 틀어 보자 전문 공연장 못지않은 소리가 울려 퍼졌다.

"반응이 많이 다르겠는데?"

"그렇지?"

위문 열차라고 하는 전문 무대 설치 행사를 제외한 대부분의 위문 공연은 작게 하는 게 보통인데, 그렇다 보니 스피커나 마이크의 상대가 좋지 않아서 그다지 좋은 소리가 느껴지지 않는다.

하지만 이 정도면 충분히 좋은 공연을 보여 줄 수 있다.

"자네가 여러모로 머리를 많이 썼군."

"하려면 확실하게 해야지요."

"그나저나 최종 작전이라는 게 있다고 들었는데. 무슨 작전인가?"

"그건 누굴 만나서 이야기해야 합니다."

"누군데?"

"이쪽으로 오세요."

노형진이 한구석에 있는 사람을 부르자 그는 쭈뼛거리면서 이쪽으로 다가왔다.

그리고 그를 알아본 손채림은 자신도 모르게 혀를 내둘렀다.

'헐, 저 사람이 쭈뼛거리는 경우도 있어?'

그는 다름 아닌 한만우였다.

언제나 여유 넘치던 그조차도 유민택을 직접 만난다는 말에 잔뜩 얼어 있었던 것이다.

'하긴, 우리가 이상한 건가?'

지금의 유민택은 대한민국 내에서 권력 순위로 따진다면 못해도 100위 내에는 들어가는 사람이다.

그런데 자신들은 편하게 대하고 있으니 어찌 보면 자신들이 이상한 거라고 생각한 그녀는 피식 웃고 말았다.

그러는 사이 한만우는 조심스럽게 유민택에게 인사했다.

"안녕하십니까? 용화파라는 작은 조직을 이끌고 있는 사람입니다."

"음? 자네인가, 양지로 나오고 싶다고 한 사람이?"

"네? 아, 네⋯⋯."

그는 말을 하면서 움찔했다.

혹시나 유민택이 그런 부탁을 했다고 해꼬지를 할까 봐 걱정되었던 것이다.

'노 변호사를 애지중지한다는 소문을 듣기는 했지만 고작 차 하나 보자고 여기까지 오다니.'

사실 개조된 무대 차량이 신기한 물건이기는 하지만, 다른 사람도 아니고 분 단위로 시간을 쪼개서 써야 하는 대룡의 회장이 보러 올 만한 물건도 아니다.

그가 여기에 온 이유는 단 하나, 노형진이 부탁했기 때문이다.

"그래, 자네가 호구지책을 만들어 달라고 했다고?"

"네⋯⋯."

"하하하, 그렇게 우려하지 말게. 덕분에 우리도 돈 좀 만질 수 있는 신사업을 알아냈으니까."

유민택은 사람 좋게 웃었다.

실제로 내부 연구소에서는 이러한 프로그램이 장기적으로

큰돈을 불러올 수 있다고 판단하고 있었다.

어차피 한류라는 것을 통해서 해외로 나가는 것은 질을 따지지, 공중파가 필수는 아니라는 것.

그리고 그러한 드라마를 통해서 대룡의 이미지를 바꾸는 게 수십조의 효과를 발휘할 거라는 것이 내부의 연구 결과였다.

"한 번은 만나야 한다고 생각했지. 그런데 여기까지 온 걸 보니 노 변호사가 진지하게 할 말이 있나 보군."

어떻게 보면 이번 일의 핵심 당사자들은 다 모인 셈이다.

지금까지는 없었던 일인 만큼, 중요한 이유가 있다는 뜻이다.

"최종 작전을 위해서 모이시라고 한 겁니다."

"그래, 최종 작전이라고 하면?"

"첫째, 용화파를 비롯한 우리 쪽에 붙은 조직의 수익 문제. 둘째, 전국적 광고의 문제. 셋째, 가수들의 문제."

"그건 대부분 이야기가 끝나지 않았나?"

유민택은 고개를 갸웃했다.

인터넷으로 방송하고, 조직은 광고를 전담하는 것이 기본이라고 했다. 그래서 그것만 알고 있었다.

그런데 최종 작전이라니?

"전 그렇게 단순하게 말하지 않았습니다."

"그러면?"

"랭킹전을 할 겁니다."

"랭킹전?"

"네."

"그게 무슨 말인가?"

"말 그대로입니다."

노형진이 그동안 했던 모든 일은 이번 일을 위한 준비에 지나지 않았다.

단순히 홍보만을 위해서 이렇게 복잡한 과정을 거친 게 아니다. 거대한 하나의 흐름을 만들어 내기 위해서 이렇게 고생한 것이다.

'내가 고작 그런 푼돈 때문에 그렇게 뛰어다녔을 리 없잖아.'

물론 이게 성공해서 큰돈을 벌 수도 있다.

하지만 현재로서는 가능성만 높을 뿐 아주 수익성이 큰 것은 아니다.

노형진은 지금 이 순간의 큰 그림을 위해서 활동한 것이다.

"일단은 수익 문제부터 따지지요."

"아니, 랭킹전이라는 것부터 설명해 줘야 할 것 같은데."

"그 부분은 채림이가 해 줄 겁니다. 부탁해."

"랭킹전은 기존에 있던 방식에서 크기를 좀 더 키운 거예요. 쉽게 말해서 라이벌전이라는 거죠."

"라이벌전?"

"야구에는 구단이 있듯이 가수들을 그렇게 구분해서 팀을 나눠 일종의 리그전을 할 예정이에요."

유민택도 한만우도 예상하지 못했던 말이라 깜짝 놀랐다.

구단이라니? 누가 연예계에 구단을 도입하려 한단 말인가?

"하지만 소속사가 있는데?"

한만우는 어리둥절해서 물었다.

분명히 가수들을 빼앗지 말라고 못을 박았고, 그걸 지킬수 있는 조직만 받아들이기로 했다.

그런데 이제 와서 구단이라니?

"소속사와는 달라요. 소속은 그대로지만 활동은 다른 곳에서 하는 거죠. 음…… 이렇게 보시면 편해요. 야구 선수가 대리해 주는 에이전트가 있는데 활동하는 구단은 다르다고."

"그러니까 에이전트 역할을 소속사가 하고 구단은 따로 만든다?"

"네."

손채림은 계속 말을 이어 갔다.

제법 긴 내용이었기 때문에 상당한 시간이 걸렸고 목이 제법 아파 왔다.

'이래서 나한테 부탁한 거네.'

손채림은 노형진을 슬쩍 흘기면서 옆구리를 쿡 찔렀다.

노형진은 입을 쩝쩝 다시고는 그녀를 대신해서 입을 열었다.

"이렇게 이원화된 시스템으로 만들면 여러 가지 장점이 있지요."

첫째가 바로 신입의 진입이 편하다는 것이다.

여기에서 활동하다가 어느 정도 인기가 생기면 1부 리그라고 할 수 있는 공중파로 나가고 그 자리는 다른 사람이 메꾼다. 그러면 아예 제로에서 시작할 이유가 없다.

"우리 회사의 파급력이 강해지겠군."

"애초에 대룡은 그걸 노리고 들어온 거 아닌가요?"

유민택은 고개를 끄덕거렸다.

아무리 좋은 일이라고 해도, 아무리 노형진의 추천이라고 해도 대룡은 기업이다. 이득이 없으면 움직이지 않는다.

"그리고 한만우 씨와 조직의 이득에 대해서 말씀드리죠. 솔직히 홍보만으로는 수익이 많이 안 나지 않습니까?"

"그건 그렇지."

홍보를 자신들이 해 준다고 하지만 그건 어디까지나 자기네 구역 기준이다.

거기에다 각 조직당 한 지역만 담당할 수 있으니 크게 돈이 되는 것은 아니다.

"돈이 되는 것은 공연입니다. 정확하게는 리그전이지요."

"리그전이라고 하면?"

"말 그대로입니다. 한 지역에서 리그전을 통해서 승자를 가리는 거지요. 일단 네 개 팀을 구상 중입니다."

각 팀에 속한 가수들은 야구 선수들이 원정 경기를 가는 것처럼 다른 지역에 원정 경기를 간다. 그리고 그곳에서 일종의 대항전을 하는 것이다.

원칙적으로 입장료는, 어른은 5천 원에 아이는 3천 원 정도로 낮은 가격으로 책정된다.

"그러면 무슨 의미가 있지?"

"조직에서 가장 남는 게 뭡니까?"

"어…… 인력이지."

"그러면 무대 설치 세트만 있으면 무대를 설치할 수 있겠군요, 조금만 배우면."

"아하!"

뭐든 인건비가 제일 중요하다.

무대 설치 같은 것은 투자 개념에서 어느 정도 구입하면 다시 들어갈 게 없다.

다만 인건비의 경우 조폭들이 있으니 추가로 들어가지 않는다. 그러니 낮은 가격이라고 해도 어찌어찌 운영은 할 수 있다.

"하지만 그래도 돈은 안 되는데?"

"다른 데에서 버는 거죠."

"다른 곳?"

"네. 만일 그런 행사가 있다면 사람들이 얼마나 올까요?"

"그거야……."

노형진의 말을 듣고 있던 유민택은 갑자기 소름이 쫙 돋았다.

큰 그림을 그린다고 하더니, 이건 장난 아닌 규모였던 것이다.

"설마 이래서 지역별로, 학교별로 소속 그룹을 구분한 건가?"

노형진은 씩 웃었다.

아직 이해하지 못한 한만우만 어리둥절한 얼굴로 유민택과 노형진 그리고 손채림을 바라볼 뿐이었다.

"음, 자네가 아직 이해하지 못한 듯하니 내가 이야기해 주지. 지금 노 변호사는 관광 수입을 노리고 있는 거야."

"관광요?"

"그래."

각 지역에서 이런 행사가 있다면 당연히 관광하러 오는 사람들이 생긴다.

그리고 그 와중에 그 팬클럽은 당연히 움직인다.

1회당 5천 원이면 절대 비싼 가격은 아니다. 당장 가수들의 콘서트 하나에 수십만 원씩 하는 것이 현실이니까.

"그리고 이건 시합이죠."

시합을 해서 현장 집계를 기준으로 판단한다면 당연히 팬클럽과 지역 주민들이 한 표라도 행사하러 올 텐데, 그들이 오면 밥이라도 한 끼 사 먹어야 한다.

"그 지역에 그렇게 크게 행사가 있는데 과연 광고가 안 붙을까요?"

"아!"

한만우는 바로 알아차렸다.

"우리에게 그 공연 관리를?"

"네."

그 정도 규모의 행사가 일정 기간 열린다면 적지 않은 광고가 들어올 것이다.

그리고 그렇게 되면 자연스럽게 지역은 활성화되고 관광객이 늘어나며 그 지역은 관광지화될 것이다.

"그 권한이면 조직은 충분히 먹고살 수 있지요. 안 그런가요?"

"으음……."

한 달에 한 번만 한다고 해도 그 수익이 1억은 넘을 것이다. 그러면 조직이 먹고사는 데에는 아무런 지장이 없다.

거기에다가 사실상 개최권을 조직이 가지고 있으니 그 지역이 관광지화되고 난 후의 지역 상권은 사실상 조직이 주도하는 형태가 된다.

"돈을 빼앗는 것은 불법입니다. 하지만 행사하는 와중에 서로의 이득을 위해서 협찬을 받는 건 합법이지요."

"이득이라 하면?"

"대회를 하면 상품도 있어야 하지 않겠습니까?"

그 지역의 상인회 같은 곳에서 1등 상품으로 줄 수 있는 건 여러 가지가 있다.

대표적인 예가 바로 뮤직비디오 제작 비용 같은 것이다.

지역에 있는 수백 개의 업소가 나눠 내는 수준이니 다들 그다지 부담을 느끼지는 않겠지만, 이름도 알려지지 않은 가난한 그룹이 뮤직비디오를 만들 수 있다는 것은 상당히 고무적인 일이다.

"그렇게 각 지역별로 돌아가면서 리그전을 할 겁니다. 당연히 각 리그전 외에 개인전도 있을 테고요. 1년마다 승자에 대해서는 미국 진출 지원도 할 생각입니다."

"미국 진출 지원?"

"대룡이 그게 어려울 리 없지 않습니까?"

"음…… 그건 그렇지."

대룡이 안 하면 자신이 하면 그만이다.

1년에 한 팀 정도 진출시키는 건 부담이 안 되니까.

물론 명백하게 투자인 만큼 성공하면 그만큼 돈을 받아 낼 수 있다.

"그리고 계약서에 강제 조항을 하나 넣었습니다."

"어떤 조항?"

"성공한 후에 활동 기간을 기준으로 두 달에 한 번은 대회에 와서 공연을 해 줄 것."

"그건 왜?"

"미끼죠."

그냥 무명만 온다고 하면 언젠가는 힘이 빠지게 된다. 하지만 유명해진 사람이 온다고 하면 사람들은 어마어마하게 몰릴 수밖에 없다.

더 많은 사람이 올수록 무명 가수들은 더 빨리 유명해지고, 그들이 빨리 유명해질수록 와서 공연을 해 주는 가수들 역시 많아질 것이다.

이것이 밥이다

물론 유명해지면 공연 한 번에 1억씩 벌 수 있는데 포기해야 하니 소속사의 입장에서는 아까울 수도 있다.

하지만 거대 기업도 아니고, 지금 당장 마이너스만 하고 뜰 가능성도 요원한 그룹을 띄울 수 있는 기회가 왔는데 마냥 확실하지 않은 미래 때문에 그걸 걷어찰 사람은 드물다.

정확하게 말하면 이쪽 통로를 통해서 뜨는 사람이 많아질수록 자신들 역시 뜰 가능성이 낮아지니 거부할 수가 없다고 봐야 정확한 말일 것이다.

"이렇게 함으로써 대룡은 연예계에 강력한 파워를 자랑할 수 있게 되고, 조직은 충분한 돈과 더불어 정치인들과의 인맥까지 만들어질 겁니다."

"정치인들?"

"각 지역에서 공연을 하려면 빈 땅이나 공연장을 빌려야 하잖아요."

"순순히 빌려줄까?"

"특별한 일이 없으면 빌려줄 겁니다. 상식적으로 그 지역을 관광지화시켜서 돈을 벌어 주겠다는데 거절할 사람은 드물죠."

"오오."

그러면 그들은 양지에 나오기 훨씬 편해진다. 게다가 나쁜 일을 하는 것도 아니다.

물론 근처에서 물장사를 하는 것도 좋다.

그런 행사장에 남자들끼리 오는 경우도 적지 않으니까.

'그리고 최재철의 파워도 줄어들겠지.'

노형진은 싱글싱글 웃고 있었지만 진심은 드러내지 않았다.

당장 지역별 가수가 생기고 그들이 지역의 관광을 책임지게 된다면 정당 정치인들은 그들을 무시할 수 없게 된다.

당장 연예인들의 지지 선언이 이루어지면 그 지역에서 얼마나 표 차가 벌어지는지 생각하면 말이다.

당연히 최재철의 힘도 줄어들 테니 그의 가장 강력한 무기인 방송과 언론의 힘도 줄어들게 되어 있다.

'조금씩, 조금씩.'

그를 무너트리기 위해서, 노형진은 미소를 지으면서 칼을 갈고 있었다.

⚖️

노형진의 예상대로 클럽이나 공연장에서 집중적으로 음악을 밀어주자 점차 팬들이 많아지기 시작했다.

그리고 유민택과 팬클럽협회는 발 빠르게 그들을 흡수했다.

"팬클럽협회가 이런 식으로 쓰일 줄은 몰랐는데?"

유민택은 투덕거리면서 올라가고 있는 무대를 보면서 말했다.

최종적인 공연을 위해서 만들어지는 무대였고 엄청난 인

파가 예상되기 때문에 무대용 차량으로는 안 될 듯해서 만드는 중이었다.

어차피 조폭들도 배워야 하니 그곳에서 일하는 중이고.

"팬클럽이라는 것은 가수가 존재하는 한 같이 존재하는 것이니까요."

팬클럽협회는 제대로 통제되지 않는 극단적 팬을 걸러내고 팬들을 관리하기 위해서 노형진이 과거에 만들어 낸 집단이다.

아무래도 팬클럽이라는 곳은 극단적 라이벌성을 가지기 때문이다.

"극단성은 잘 통제하면 아주 좋은 무기가 되지요."

팬클럽협회의 기획하에 각 그룹은 네 개의 파벌로 나뉘어서 라이벌전을 하기 시작했고, 팬클럽은 그 파벌로 나뉘어서 공격적으로 홍보하기 시작했다.

과거의 팬클럽이 그냥 마냥 좋아서 물건을 사거나 집착하는 집단이었다면, 이제 게임에서의 우승을 위해서 적극적으로 나서는 집단으로 변한 것이다.

"홍보는 잘되어 가고 있나요?"

이 무대가 완성되면 첫 번째 뮤직 챌린저가 시작된다.

각 팀은 현장 투표와 현장 음반 판매량을 기준으로 점수가 매겨지고, 매주 우승자가 결정된다.

단체전과 개인전 두 가지로 나뉘는데, 단체전은 말 그대로

네 개 소속으로 나뉜 곳이 서로 싸우는 것이다.

개인전에서 승리한 팀은 세 달에 한 번 분기전을 치르고, 이긴 팀에는 소정의 상금과 함께 새로운 곡이나 뮤직비디오 제작비가 지원된다.

소속된 팀 역시 새론에서 이런저런 지원을 해 주기로 해서 다들 열심히 일하고 있었다.

"잘되어 가고 있네."

유민택은 이번 일을 적극적으로 밀어주고 있었다.

그는 오랫동안 기업을 운영하면서 기업의 가장 중요한 점이 바로 이미지라는 것을 알고 있었다.

물건이 아무리 좋아도 이미지가 나빠지면 단기적으로는 모르지만 장기적으로 안티를 양산하고, 그로 인해서 피해가 막심하다는 것을 알기 때문이다.

실제로 우리나라 최고의 기업들은 그걸 알기 때문에 신문이나 방송에 진출하려고 혈안이 되어 있다.

'안 그래도 우리도 진출하고 싶었는데.'

하지만 워낙 경쟁이 치열한 데다가 돈이 많이 들어서 언감생심 꿈도 꾸지 못했는데 노형진이 길을 만들어 낸 것이다.

'돈도 별로 안 드는 데다 어떤 면에서는 방송보다 더 나아.'

방송은 법이라는 테두리 안에서 만들어야 해서 아무리 자기네 기업이라고 해도 노골적 PPL이 불가능하다.

하지만 이건 그렇지도 않다.

애초부터 광고로 분류되어 제작되기 때문에 아주 대놓고 광고라고 해도 누가 뭐라고 못 하는 것이다.

특히나 외부의 분위기에 반응하는 것은 인터넷 쪽이 훨씬 반응이 빠를 수밖에 없다.

"홍보는 충분히 하고 있네. 다만 이번에 잘되어야 할 텐데."

"잘될 겁니다."

노형진은 자신이 있었다.

⚖

"우와, 이게 꿈이야 생시야?"

광화문, 그 거대한 도로에 서 있는 무대 앞으로 족히 수만은 되어 보이는 사람들이 보여 있었다.

"나 좀 꼬집어 봐."

희수는 반쯤 믿기지 않는다는 듯 말했고, 그 옆에 있던 동생이 진짜로 사력을 다해서 꼬집었다.

"아야야야."

"아픈가 보네. 그럼 꿈이 아닌가 봐."

"그렇다고 그렇게 세게 꼬집으면 어떻게 해?"

"꼬집으라면서."

그녀들이 두런두런 이야기하는 사이에 소속사 사장이 진땀을 흘리면서 다가왔다.

"야, 장난들 치지 마! 지금 긴장들 안 해?"

"긴장돼서 그래요. 긴장되어서."

그들이 지금까지 선 무대의 관객은 잘해 봐야 1천 명 정도였다. 그런데 오늘 모인 인원은 족히 4만은 되어 보였다.

"어떻게 이런 숫자가 모이지?"

"그러게."

자신들이 아주 유명한 그룹도, 잘나가는 해외파도 아니다. 데뷔한 지 2년이 되도록 앨범 하나 내고 그냥저냥 버티는 무명 그룹이다.

그런데 몇만 명 앞에서 공연하다니.

"그러니까…… 긴장은 내가 돼서……."

사장도 안절부절못하고 있었다.

사실 그도 경험이 많은 사람이 아니다. 그런데 이런 무대를 보니 앞이 캄캄할 지경이었다.

"아…… 미치겠네……."

"왜 그러세요?"

"배 아파."

"네?"

"아…… 나 긴장하면 배가 아파지는 체질이라……."

안절부절못하는 사장.

그리고 그런 모습은 사방에서 보이고 있었다.

'하긴. 우리나 저쪽이나.'

여기서 공연하는 대부분의 사람들은 마찬가지일 것이다.

"자, 준비해 주시고요."

헤드셋을 낀 남자가 안으로 들어오면서 말했다.

"오늘은 단체전부터 시작합니다. 게임 방식 아시죠? 각 투표의 합산으로 결정하는 거니까 잘해 주셔야 해요."

단체전 방식은 간단하다. 표를 구입한 사람들에게 투표권을 주는 것이다.

기본적으로 탁 트인 공간이기 때문에 무료로 듣는 것도 가능하지만 투표하려면 5천 원짜리 표를 사야 한다.

그리고 잘한 팀과 잘한 그룹을 선택해서 제출하면 된다.

"첫날이라 대룡에서 뮤비 제작비를 지원해 준다고 했으니까, 잘해 보세요."

다들 침을 꿀꺽 삼켰다.

뮤직비디오를 만드는 것은 적지 않은 돈이 든다.

물론 수준을 낮추면 싼 가격에 만들 수도 있지만, 그래서는 수준 높은 뮤비가 판을 치는 세계에서 살아남을 수도 없고 홍보도 안 된다.

"자, 그러면 시작하겠습니다. 스탠바이."

PD의 설명이 끝나고 무대에서 들리는 고함 소리.

MC의 목소리가 사방에 울려 퍼지기 시작했다.

"뉴 챌린저! 지금부터 시작합니다!"

"짭짤하네."

최종 수익을 계산하면서 손채림이 한 말이다.

하지만 한만우는 공감하지 못했다.

"이건 짭짤한 정도가 아닌 것 같은데?"

총수익 10억.

그중 이런저런 비용을 빼고 나서 남은 것이 2억 8천이다.

무려 순수익이 2억 8천인 것이다.

자신들이 가진 업소를 죽어라 돌려도 이 정도 돈을 만드는 건 쉬운 게 아니다.

그런데 그걸 단 하루 만에 거둬들였다.

"생각보다 작군요."

"작다고?"

"네. 아직 홍보가 덜된 것 같습니다. 하긴, 시작한 지 얼마 안 되었으니 팬덤이 자리를 잡은 건 아니지요."

어제 온 사람들만 3만 명이 넘는다. 그런데 10억이면 그다지 수익이 나지 않은 셈이다.

"뭐, 어제는 일단은 시범 게임이라고 생각하시면 됩니다."

"음......."

"진짜 돈 나올 구멍은 다른 곳이거든요."

"다른 곳?"

"네. 아마 그쪽에서 슬슬 움직일 텐데요? 기다려 보세요. 금방 반응이 올 겁니다."

한만우는 이게 무슨 소리인가 했다.

그러나 얼마 지나지 않아서 노형진이 왜 그런 소리를 했는지 알 수 있었다.

"수원 상인회에서 왔습니다."

상대방은 고개를 팍 숙였다.

"어쩐 일이신지?"

"다름이 아니라, 저희 쪽 공연을 좀 해 주십사 하고……."

"공연요? 하지만 그쪽 공연은 저희가 관할하는 게 아닌데요."

"압니다. 그래서 여기까지 찾아온 겁니다. 여기저기 알아보니 아직 서울 쪽에만 계획이 잡혀 있다고 하더군요."

"네, 그렇지요."

"저희 수원에서도 그런 공연을 했으면 합니다."

"하지만 장소가……."

"수원의 핵심인 남문에는 화성 행궁이 있고 그 앞에 넓은 광장이 있습니다. 그곳에서라면 충분히 가능합니다."

미리 준비한 건지 사진과 설명서까지 내미는 남자의 이야기를 들으면서 한만우는 이 사람이 왜 이러나 싶었다.

"저희는 거기 관할이 아닙니다. 저희뿐만 아니라 다른 곳들과 함께하는 거라……."

"저도 대롱에서 들었습니다. 하지만 수원에는 그런 기업이 없어서요.”

“그거야 그런데…….”

말을 하던 한만우는 순간 뒤통수를 맞은 듯한 충격을 받았다.

‘그러고 보니…… 수원은 무주공산이잖아?’

조폭이 모든 동네에 다 있는 것은 아니다.

물론 어지간한 상권이 있는 곳에는 조폭들이 존재하기는 한다. 하지만 그건 어디까지나 진짜 찌질한 돈이나 빼앗는 옛날식 조폭들이다.

‘수원에 그런 조직이 있나?’

자신들과 함께 일하려면 일정액을 내야 한다. 양성화를 위한 돈이자 동시에 사업자로서의 투자금이다.

하지만 수원에는 그걸 낼 만한 조직이 없다.

특히 이 사람들이 말하는 남문 쪽은 상권이 죽다 못해 박살이 나는 바람에 돈이 안 되어서 조폭들도 관심이 없는 지역이다.

법적으로 일반 주점 이상의 술집이 들어갈 수가 없는 구역이기 때문이다.

‘하지만…….’

자신들이 들어가면 지역이 살아날 것이다.

공연을 보러 오는 많은 사람들이 돈을 쓸 테고, 지역은 살아날 테고.

‘전국구…….’

그 말이 한만우의 머릿속을 강타했다.

이제는 사라져 버린 단어나 마찬가지다.

폭력 조직이 전국구급으로 크도록 경찰이 그냥 두지 않기 때문이다.

'하지만…….'

이런 식으로 확대한다면 지극히 합법적으로 자신들이 세력을 키울 수 있다.

해당 지역의 권한을 미끼로 다른 조직을 흡수하면 세력을 키움과 동시에 지부를 만들 수 있다.

"그러면 자세한 이야기를 해 보지요."

그렇게 말하는 한만우의 머릿속에서는 전국구라는 단어가 계속 맴돌고 있었다.

"자네가 말한 게 이건가?"

얼마 후 그는 노형진을 찾아왔다.

어지간해서는 흥분하지 않는 성격이지만, 지금은 상당히 흥분한 상태였다.

"세력을 확장하려고 하시는 거라면, 맞습니다."

"애초부터 이걸 꾸민 거고?"

노형진은 그저 미소만 지을 뿐 부정은 하지 않았다.

"자네, 무서운 사람이군."

단순히 자신들의 세력을 키워 줘서 무서운 게 아니다. 진짜 무서운 것은 따로 있었다.

"경찰에서 날 보자고 하더군. 수원 쪽은 전혀 관련이 없는데 말이지."

"압니다. 제가 만나라고 한 거거든요."

아니나 다를까, 경찰에서 뜬금없이 연락이 왔을 때는 솔직히 이상하다는 생각을 하기는 했다.

상인회야 돈이 걸린 일이니 당연히 자신들에게 접촉할 테고, 지역의 가난한 조폭들이야 먹고살 호구지책을 만들어 준다고 하니 당연히 합류하려고 할 것이다.

그것까지는 이해했다.

그런데 경찰이라니.

"세력을 키우려면 백업이 있어야 하니까요."

"백업?"

"네. 어찌 되었건 조직에서 출발한 곳 아닙니까? 세력이 커지면 돈 욕심을 내는 인간이 있기 마련이거든요."

"그건 그렇지만……."

자신이 쿠데타로 권력을 잡았듯이 다른 누군가도 쿠데타로 권력을 잡으려고 할 수도 있다.

그리고 그 과정에서 자신은 소위 말하는 처리 대상일 뿐이다.

"양성화를 원한 건 제가 아니라 한만우 님이십니다."

이것이법이다

"으음……."

그가 이렇게 불편해하는 것은 노형진이 소개시켜 준 게 단순히 백업을 위한 게 아니라는 것을 알고 있기 때문이다.

'예상하고 있던 일이기는 한데…….'

뒤에서 공격당하는 것? 그걸 무서워하지는 않는다.

애초에 그런 게 무서웠다면 이 세계로 들어오지도 않았을 것이다.

'재갈을 물리겠다 이건가?'

자신이 아무리 날고뛴다 해도 결국은 경찰보다 강할 수는 없다.

지금부터 세력이 커지기는 하겠지만 어디까지나 경찰의 묵인하에 커질 수밖에 없는 것이다.

더군다나 대놓고 자신들의 신분을 드러냈으니…….

"경찰과 친하게 지내야 양성화에 유리하지요."

노형진은 싱글거리면서 웃었다.

'뛰어 봤자 부처님 손바닥 안이라는 말은 이럴 때 쓰는 겁니다.'

폭력 조직이 먹고살 만해지면 그들은 무슨 생각을 할까?

자원봉사? 아니면 세계 평화?

아니다. 그들은 세력 확장을 꿈꾼다.

'내가 필요에 의해서 세력을 키워 주기는 하지만 고삐는 확실하게 매어 놔야지.'

경찰을 소개시켜 준 것은 고삐를 채우기 위해서다.

분명히 그들의 세력은 커진다. 그럴 수밖에 없다.

물론 한만우의 성격상 세력이 커진다고 해서 청부 폭력을 하거나 범죄를 저지를 사람은 아니기는 하다.

하지만 위에 언급한 것처럼 그의 사람 좋고 나쁨을 떠나서 그가 속한 곳은 폭력 조직이고, 반란이 흔하게 일어나는 곳이다.

당장 그를 치워 버리고 그의 자리를 노리려는 사람이 넘쳐 날 건 뻔한 일.

"자네, 무서운 사람이군."

한만우는 작게 중얼거렸다.

자신이 이용한다고 생각했는데 도리어 이용당한 셈이다.

돈이 나오는 구멍인 공연은 자신들이 관리하지만 그곳에서 공연해야 하는 연예인들은 노형진이 관리한다.

그리고 자신을 통해서 어둠의 세계는 조금씩 통일되고 있다.

"경찰과 조폭은 공존의 대상이 아니던가요?"

웃긴 일이지만 그게 현실이다.

경찰이 바로 대처하지 못하는 술집에서의 폭행이나 범죄를 통제하는 것은 조폭이고, 또 경찰이 수사할 때 알게 모르게 정보를 제공하는 것도 조폭이다.

그런데 그런 조직이 통일되어 한만우가 관리하게 된다면 경찰 역시 한만우를 무시하지 못하게 되고 노형진의 부탁 역시 무시하지 못하게 된다는 뜻이 된다.

물론 그 과정에서 노형진이 외부적으로 드러날 일은 없다.

"애초부터 자네를 이용하려고 한 게 잘못인가 보군."

처음에는 돈 번다고 좋아하다가 졸지에 부처님 손바닥 위에 앉아 버린 손오공이 된 한만우는 씁쓸하게 미소 지었다.

"그래도 아직은 한만우 님과 제가 목표하는 게 같지 않습니까?"

"그건 그렇지."

그가 원한 것은 양성화된 조직.

그리고 노형진이 원한 것은 뒤에 드러나지 않는 세력.

"좋아. 뭐, 내 멍청한 머리를 탓해야지 어쩌겠나."

한만우는 털썩 자리에 앉았다. 그리고 느긋하게 다시 책상 위에 다리를 올렸다.

"솔직히 말해 보게, 이 정도로 물러날 사람은 아닌 듯하니. 고작 우리 돈 벌어 주겠다고 이렇게까지 함정을 파 둔 건 아닐 테고."

"양성화시켜 주십시오, 확실하게."

"그건 내가 부탁한 걸 텐데?"

"음…… 단어 선택이 잘못된 듯하군요. 이렇게 표현하는 게 더 맞겠네요. 이제 해야 하는 건 양성화가 아니라 정치화입니다."

"정치화? 자네, 지금 우리보고 정치 깡패를 하라는 건가?"

한만우의 얼굴이 절로 찡그러졌다.

그가 싫어하는 것 중 하나가 바로 정치 깡패다.

정치 깡패는 자신의 이득을 위해서 반대파를 습격하거나 위해를 가해 왔다.

과거에 그런 놈들이 있었고 지금도 어느 정도 있는 게 사실이지만, 그 녀석들은 건달의 정신을 이어받았다고 주장하는 한만우의 입장에서는 쓰레기나 마찬가지다.

"아닙니다. 당연히 아니지요."

"그러면?"

"지금 어르신과 어르신의 조직은 지역마다 돌아가면서 막대한 돈을 벌어 주고 있지요. 쉽게 말해서 그 지역의 수익 구조가 점차 어르신 아래로 들어온다는 뜻입니다."

"그래서?"

"그래서가 아니라, 그 이후를 생각하시라는 겁니다."

"그 이후라 하면?"

"한 지역의 상권을 틀어쥐게 되면 정치인들이 자연스럽게 접촉해 옵니다."

"음."

"그때의 반응은 두 가지지요. 빼앗으려고 하거나, 손잡으려고 하거나."

실제로 정치인이 접근해서 돈을 내놓으라고 하는 일은 흔하다 못해서 발에 채일 지경이다.

심한 경우는 기업 자체를 빼앗으려고 하는 경우도 있다.

하지만 그건 어디까지나 뒤에 백이 없는 대상일 경우다.

"이 경우는 대룡이 지키고 있기 때문에 저들도 쉽게 손을 대지 못합니다."

대룡이 묵인해 줄 수도 있지만 반대로 그냥 두지 않을 수도 있다.

대룡의 반응을 알지 못하는 상태라면 당연히 상대방도 섣불리 욕심을 내지는 않을 것이다.

"그런데 정치적 집단을 만들라니? 정당 지지 단체를 만들라는 건가?"

"아니요. 지역단체를 만들라는 거죠."

"지역단체?"

"네, 각 지역의 상인들과 사람들을 모아서 일종의 정치적 모임을 만드는 겁니다."

"그게 무슨 의미가 있다는 거지? 그리고 그건 불법 아닌가?"

"불법이 아닙니다."

사람들은 정치단체를 만드는 것을 불법이라고 생각한다.

하지만 엄밀하게 말하면 불법이 아니다. 그렇게 생각하도록 세뇌되었을 뿐.

"지역의 이익을 챙겨 줄 수 있는 사람에게 표를 주려고 하는 것과 그 지역 사람들이 그러한 집단을 만들어서 활동하는 건 자연스러운 일입니다."

"하지만 그게 무슨 의미가 있다고?"

"있습니다. 아주 많지요. 대표성이라는 게 있으니까요."

"대표성?"

"네."

지역을 대표하는 상인회에서 특정 집단을 지지한다는 것은 그의 가족들 그리고 그곳에서 일하는 사람들의 표가 그에게 향한다는 뜻이다.

지역의 표를 먹고사는 정치인들에게는 무섭다 못해서 두려운 존재가 될 수밖에 없다.

"실제로 그런 식으로 활동하는 단체들이 적지 않습니다."

그런 곳들은 평소에는 조용히 있다가 선거가 시작될 때쯤 되면 국회의원에게 가서 적당한 지원금을 달라고 요구하는 경우가 많다.

물론 돈을 요구하는 것은 불법이고, 그런 놈들은 대부분 사기꾼이다.

"하지만 상인회와 결탁하게 된다면 이야기가 달라지지요."

"자네, 정치까지 주무르려고 하는 건가?"

한만우는 눈치가 빠른 편이었다.

그렇게 되면 자연스럽게 정치인들은 자신들의 눈치를 보게 된다. 그리고 자신들은 새론과 대룡 그리고 노형진의 눈치를 보고 있으니…….

"자네, 정말 무서운 사람이군."

노형진은 드러나지 않으면서도, 좀 심하게 생각하면 지역에 출마하는 정치인들의 생사여탈권까지 쥐게 되는 셈이다. 아무리 좋은 공약을 내밀어도 그 지역의 상인회가 반대하면 답이 없기 때문이다.

그러나 노형진이 원한다면 특정 집단을 만나서 딜을 하고 그들에게 지원을 약속할 수도 있다.

물론 반대 집단, 특히나 최재철과 관련된 집단에는 그런 기회조차도 주지 않을 수 있다.

의원 수가 부족한 집단은 힘이 부족할 수밖에 없는 법.

"차라리 자네가 정치인이 되는 건 어떤가?"

"아직은 제가 드러나서는 안 되는 시점입니다. 아직은요."

"음⋯⋯."

노형진은 전혀 드러나지 않겠지만 정치계에서 상당한 파워를 자랑할 수 있게 될 텐데, 그건 최재철의 힘을 뺄 수 있는 기회가 된다.

그리고 각 지역을 대표하는 지역의 그룹이 특정 집단에 대한 지지를 한다면 그 역시 큰 도움이 될 수밖에 없다.

"도대체 누구인가?"

다른 사람도 아닌 노형진이 자신을 이렇게 감추면서까지 조심하는 사람이 누굴까?

한만우는 고민에 빠졌다.

잘못하면 자신도 엮일 수 있는 일이기 때문이다.

"최재철입니다."

"최재철?"

"현 방통위원장."

"으음……."

현재 그가 가진 권력에 대해서는 한만우도 알고 있었다.

그리고 그가 얼마나 위험한 사람인지도 말이다.

애초에 한만우는 어둠의 세계에 속한 인간이니, 풍문으로 그에 대해서 들은 것이 적지 않았다.

'최재철이라…….'

두려운 대상이다.

그 아래에 있는 팔각수라는 기업도 문제지만 그가 가진 권력은 더 위험하다.

'상대가 좋지 않아. 하지만…….'

만일 여기서 손을 털면 자신들은 어떻게 될까?

물론 노형진이나 새론이 따로 보복을 하지는 않을 것이다.

그러나 지금까지 한 사업을 다른 녀석이 대신하게 될 테니, 그 조직이 커지면서 자신들은 자연히 그들에 의해 쓰러지게 될 것이다.

'전국구냐, 동네 조폭이냐…….'

그는 도박을 해야 하는 시점이 왔음을 느꼈다.

지금 노형진의 손을 잡는다면 자신은 이제는 전설이 되어 버린 전국구라는 이름을 가질 수 있다.

경찰과 손잡고 뒤처리를 하는 처지라고 할 수도 있지만, 그건 언제나 있었던 일이다.

'하지만……'

만일 여기서 이 손을 놓는다면 그저 그런 동네 조폭이 될 것이다.

그리고 그 끝은 언제나 좋지 않다는 것을 알고 있었다.

'하지만 최소한 죽지는 않으려나.'

그렇게 생각하던 그는 자신도 모르게 얼굴을 찡그렸다.

최소한 죽지 않는다.

그걸 생각했다면 자신은 이 자리에 오지 못했다.

죽을 걸 각오하고 이 세계에 들어왔고, 죽을 걸 각오하고 쿠데타를 일으켜 보스의 자리에 올랐다.

'하긴, 언제 죽어도 죽는 건 마찬가지인가?'

손 놓고 있다가 아랫놈의 배신에 담가지든가 아니면 위에 저항하다가 죽든가 죽는 건 매한가지.

그렇다면 그의 선택은 결정된 것이나 마찬가지다.

"짭짤하게 챙겨 줄 자신은 있나?"

목숨을 노형진에게 걸기로 한 그는 대놓고 물었다.

"남에게 피해를 주지 않는 선에서라면 그렇지요."

"그렇다면 한번 해 보지."

노형진은 속으로 안도의 한숨을 내쉬었다.

'다행이다.'

사실 그거 거절하면 그쪽 세계를 통제할 만한 마땅한 사람이 없다.

누군가에게 맡긴다고 해도, 그 녀석이 쪼르르 달려가서 최재철에게 말할 수도 있는 노릇이다.

하지만 한만우는 그런 사람이 아니다.

"잘 부탁드립니다."

"나야말로 잘 부탁하네, 내 목숨은 자네에게 달려 있으니."

"알고 있습니다. 누구보다 잘 알고 있지요."

노형진은 그렇게 대답하면서 이를 악물었다.

'최재철, 기다려라. 조금씩 네놈의 성을 허물어 주마.'

무식의 끝은 어디인가?

"야, 이 여편네야, 대가리에 총 맞았냐? 대가리에 총 맞았어?"

"아니, 애가 좀 아플 수도 있지!"

"지금 이게 좀 아파 보여? 이년이 미쳤나!"

"이년? 지금 이년이라고 했어? 당신이야말로 나한테 해 준 게 뭔데?"

"이런 미친년이!"

노형진은 아파트로 가는 도중에 싸움 소리에 몰려드는 사람들을 보면서 혀를 끌끌 찼다.

"역시 싸움 구경은 사람을 끌어당기는 마법의 주문인가 보네."

"무슨 소리야?"

"봐 봐."

아파트의 1층으로 보이는 곳에 동네 사람들이 모여 있었고, 열린 창문 너머로 부부의 고함 소리가 들려오고 있었다.

　　노현아는 그걸 보면서 혀를 끌끌 찼다.

　　"아니, 결혼하면 행복하게 살아야지, 왜 싸우고들 그래?"

　　"금슬이 좋아서 부럽수다."

　　"너도 장가가, 호호호."

　　"내 나이가 몇인데."

　　"난 너만 할 때 결혼 준비했거든."

　　"쓰읍, 오랜만에 와서 그런 소리 할래?"

　　노현아가 오랜만에 놀러 온다 싶었더니 기승전잔소리로 연결되자 노형진은 혀를 끌끌 차면서 시선을 스윽 돌렸다.

　　"그나저나 왜 싸우는 걸까?"

　　"결국 너도 한국 사람이네, 관심을 가지는 걸 보니."

　　"아니, 이건 좀 직업병 같은 거야, 직업병."

　　어찌 되었건 사람들이 싸우면 당연히 법이 끼어들기 마련인지라 노형진은 슬쩍 그쪽으로 시선을 돌렸다.

　　"야, 이 썅년아! 너는 갔다 와서 보자!"

　　남편으로 보이는 남자는 아주 격하게 말을 하고 있었는데, 그 말을 들은 노형진은 눈을 찌푸렸다.

　　아무리 화가 나도 저러는 건 아닌데.

　　"그렇기는 한데, 무슨 일일까?"

　　"어디 가?"

"아줌마로서의 본능에 충실해야지."

"서른도 안 먹었으면서 아줌마는 무슨."

결국 노현아에게 이끌려서 그 집으로 갔을 때, 남자는 애를 안고 집 바깥으로 나가려 하고 있었고 여자는 그런 남자에게 결사적으로 매달리고 있었다.

"안 돼! 그러다 죽어!"

"이런 미친년이!"

결국 화가 난 남자는 발로 여자를 뻥 차 버렸고, 여자는 바닥을 나뒹굴었다.

"꺄악!"

"아이구, 저 쌍놈!"

"어떻게 여자를 패냐?"

동네 아줌마들은 그걸 보면서 자기가 맞은 것처럼 공분했다. 그러나 남자는 신경도 쓰지 않고 아이를 안고 바깥으로 나왔다.

"사람을 패고 어디를 가려고!"

"당신 완전 후레자식이네!"

여자를 팼다는 사실 때문인지 그를 에워싸는 아줌마들.

하지만 남자의 얼굴은 분노로 가득했다.

"뭐야!"

"어떻게 여자를 패!"

"애를 데리고 어쩌려는 거야!"

"애 내놔!"

아줌마들의 분노.

노형진도 남자가 잘못했다는 사실은 알고 있기 때문에 나서지 않으려고 했다.

그러자 남자의 얼굴이 점점 분노로 붉게 물들었다.

"너희도 약아키인가 뭔가냐?"

"약아키?"

"그게 뭐야?"

"애나 내놔!"

아줌마들은 전적으로 쓰러진 여자 편이었다. 아무래도 여자이자 주부라는 동질감 때문이었다.

그런데 그 약아키라는 말을 듣자 노현아는 얼굴을 찌푸렸다.

"설마, 애 엄마가 약아키예요?"

"당신 뭐야?"

"아, 그들에 대해서 알아서 묻는 거예요. 애 엄마가 약아키 맞아요?"

아무래도 수적으로 불리한 상황에서 그녀가 편들어 주는 듯하자 남자는 고개를 끄덕거리며 답했다.

"그 미친 짓거리 하는 년 맞습니다."

"끄응…… 아기 상태는 어때요?"

"안 좋아요. 당장 병원에 가야 합니다."

"아니, 뭐야?"

"당신은 누군데 저 사람 편들어 줘?"

"내연녀인가?"

머릿속에서 온갖 상상을 만들어 내는 아줌마들을 보면서 노형진은 화를 낼까 했지만 노현아는 대꾸하는 대신에 남자의 품에 안겨 있는 아이에게로 다가갔다.

그리고 포대기를 열고 아이를 확인하자, 사람들은 기겁을 했다.

"으헉!"

어지간한 건 눈도 깜짝 안 하는 노형진조차도 아이를 보고는 기겁할 수밖에 없었다.

얼굴에 잔뜩 난 상처와 흐르는 고름, 진물 그리고 딱지까지.

사람들이 생각하는 포동포동하고 귀여운 아기의 모습이 아니라 마치 누군가 송곳으로 후벼 판 듯한 모습이었다.

"이, 이게……."

"이런 미친."

전혀 예상하지 못한 광경에 다들 얼굴이 굳어 버렸다.

어떻게 아기 얼굴을 이렇게 만든단 말인가?

"이건?"

"아, 미친년이네!"

노현아는 그걸 보고 화를 내면서 남자를 이끌었다.

"어서 병원에 가요."

"네?"

“어서 가라고요.”

“네.”

“택시 타고 어서 가요. 아니다. 형진아, 네 차 좀 빌리자.”

“그러자.”

노형진은 군말하지 않고 자신의 차를 가지고 왔다.

당장 애가 정상적인 상황이 아니라는 것쯤은 아무리 바보라고 해도 알 수 있는 수준이니까.

“어서 타세요, 바로 병원에 가게. 동네 병원으로는 안 돼. 대학 병원으로 가.”

“응.”

“감사합니다.”

남자는 군말하지 않고 인파를 헤치고 나와서 차에 올랐고, 사람들은 충격을 받은 건지 아까처럼 막을 생각도 하지 않았다.

차 안에는 침묵만 흘렀다.

그게 불편했던 노형진은 슬쩍 노현아에게 물었다.

“약아키가 뭐야?”

“있어, 미친놈들.”

“미친놈?”

“그래, 약을 안 쓰고 키우는 사람들. 자기들은 자연주의를 표방한다는데, 개소리지.”

노형진은 고개를 갸웃했다.

약이야 가능하면 안 쓰는 게 좋다는 거야 널리 알려진 사실이다. 약을 쓰면 쓸수록 내성이 생기기 때문이다.

"그게 나쁜 거야?"

"미친 짓이지."

"왜?"

"네가 생각하는 거랑 좀 달라."

"응?"

"너는 지금 가능하면 약을 적게 쓰는 걸 생각하는 거지?"

"그렇지."

한국은 항생제 사용률이 타국에 비해서 높다. 그래서 그걸 줄여야 한다고 몇 번이나 이야기가 나왔다.

그러니 약을 조금만 사용하는 건 나쁜 게 아니다.

하지만 약아키라는 집단은 노형진이 생각하는 그런 곳이 아니었다.

"약아키는 약을 조금만 사용하자는 게 아니라 약을 아예 사용하지 말자는 곳이야."

"뭔 개 같은 소리야?"

"말 그대로야. 항생제를 줄이는 게 아니라 소독약도 쓰면 안 되고, 심지어 애들 예방접종도 하면 큰일 나는 줄 알아."

"뭐?"

노형진은 기가 막혀서 눈동자가 흔들렸다.

약을 오남용하는 건 큰 문제다. 하지만 그걸 너무 안 쓰는 것도 큰 문제다.

당장 소독은 상처 치료의 기본이고, 애들이 태어나면 수십
종의 예방접종을 해야 한다. 그런데 그걸 안 한다고?

"미친 거 아냐?"

노형진은 나지막하게 옆자리에 있는 노현아에게 말했다.

노현아도 오만상을 찌푸리면서 말했다.

"미친놈들이라니까."

그녀도 그곳에 대해서 안 지는 얼마 되지 않았다고 한다.

동네 애 엄마 중 한 명이 거기에서 활동하면서 예방접종도
하지 않고 약도 쓰지 않은 결과 아이에게 소아마비가 왔다는
소문을 듣기 전까지는 그런 곳이 있다는 것도 몰랐다고 했다.

"나도 인터넷에서 좀 알아본 수준인데, 진짜 답이 없어.
저거 아무래도 수두 같은데……."

애 엄마인 그녀의 입장에서는 아이들이 잘 걸리는 병에 대
해서 잘 알아야 하고 그러니 애 상태를 보고 대충 알 수가 있
었다.

"수두라…… 끄응……."

노형진은 뒤에서 초조하게 아이를 보고 있는 남자를 보고
입안이 써졌다.

"왜 이제야 온 겁니까!"

의사들은 직업적으로 남을 판단한다. 그래서 환자의 앞에서 감정을 드러내는 경우는 드물다.

그런데 지금 의사는 진심으로 화를 내고 있었다.

"애 상태를 보세요! 지금 이게 애 얼굴이라고 생각합니까!"

"죄송합니다. 제가 원양어선을 타는 사람이라……."

몇 달 만에 집에 왔더니 애가 이 꼴이 된 것이다. 그래서 싸운 거고.

"끄응……."

"선생님, 어떻게 안 되겠습니까?"

남자의 잘못이 아니라는 걸 아는지 의사는 화를 내는 걸 멈췄지만, 남자의 간절한 소망은 들어줄 수가 없었다.

"하아…… 지금이라도 입원 치료하고 항생제를 투여하면 목숨은 건지겠지만 시간이 너무 오래 지났습니다."

"네? 선생님, 그게 무슨 말씀이십니까!"

"아이는 곰보가 될 겁니다."

남자는 처음에는 당황하더니 점점 분노로 얼굴이 붉어졌다.

일을 이 지경으로 만든 사람이 누군지 알고 있기 때문이다.

"진정하세요, 진정."

노형진은 이러다가 일이 커질 것 같아서 그를 진정시켰다.

원양어선을 타는 사람이라면 상당히 거칠 수밖에 없다. 그러니 아차 하면 일이 터질 수도 있다.

"그래도 요즘은 시대가 좋아져서 성형수술로 고칠 수 있습니다. 그렇지요?"

"그거야 그렇지요. 돈이 들기는 하지만."

의사가 그렇게 말하자 그나마 희망이 생겼는지 남자는 입을 꾸욱 다물고 분노를 삼켰다.

"당장 입원시키세요."

"네."

"아이는 저희 누나한테 맡기시고 아기용품부터 사러 가죠, 기저귀도 없고 분유도 없으니."

"집에 있는데요."

"애가 이 지경이면 집에 있는 건 아기용품이 아니라 세균 덩어리일 겁니다."

남자의 얼굴이 딱딱해졌다.

그럴 것이다. 애한테 제대로 약도 안 쓰는데 아기용품이라고 멀쩡할 리 없다.

"가시지요."

"후우…… 죄송합니다."

"아닙니다. 애가 우선이지요."

노형진은 노현아에게 아이를 봐 달라고 부탁한 후 바깥으로 그를 데리고 나왔다.

아기용품이 필요한 것도 사실이지만 일단 그가 진정해야 했기 때문이다.

"그나저나 감사의 인사도 제대로 못 했네요. 송창민이라고 합니다."

송창민이라고 자기 이름을 말한 남자는 노형진과 함께 물
건을 사면서 한숨을 푹푹 쉬었다.

그 과정에서 노형진은 그에게 간략한 상황을 들을 수 있었다.

"약아키라는 그 미친 집단 때문에……."

약아키라는 곳은 인터넷 카페라고 한다. 그런데 아내가 거
기에 빠져서 이 꼴이 났다는 것이다.

"아내분은 뭐라고 합니까?"

"아까 들으셨잖습니까? 병원에 가면 애가 죽는답니다. 제
정신이 아니에요."

"끄응……."

"그나저나 아까 들어 보니, 변호사님이라고 하셨지요?"

"네? 아, 네."

"제 이혼소송을 담당해 주실 수 있을까요?"

"이혼요?"

"저런 미친년이랑 살 수는 없지 않습니까?"

"하긴……."

노형진은 개인적으로 이혼에 부정적인 사람이다.

그렇지만 지금 같은 상황에서는 아이를 위해서라도 이혼
이 정답이다.

물론 제정신으로 돌아올 수도 있다.

하지만 그 시간 동안 아이의 생명은 위험해진다.

제정신으로 돌아온다면 그때 가서 다시 합하면 되는 거고, 위험한 상황을 방치할 수는 없다.

"마음 같아서는 그러고 싶지만 제가 마음대로 받을 수가 없어서요."

"네?"

"아, 저희 로펌은 공정을 위해서 접수부에서 접수하고 분배하는 게 기본입니다. 물론 자신이 하려고 한다면 할 수는 있지만요."

"그러면?"

"다른 분들도 능력이 출중하니 충분히 도움을 주실 수 있을 겁니다."

"감사합니다."

"그리고……."

노형진은 아까 전에 완전히 망가져 버린 아기의 얼굴을 떠올리며 눈을 찡그렸다.

"아무래도 제가 뭘 좀 해 봐야 할 것 같아서요."

⚖

노형진은 당장 회사로 돌아와서 손채림에게 약아키라는 집단에 대해서 조사를 부탁했다.

무슨 비밀 조직도 아니고 인터넷 집단인 만큼 정보를 얻는 것은 어려운 것이 아니었다.

그리고 그렇게 모인 정보를 보면서 노형진뿐만 아니라 다른 사람들도 기겁했다.

"이게 지금 애들 상태란 말인가?"

송정한은 사진을 보면서 기가 찬 얼굴이 되었다.

"합성됐거나 전쟁 지역에서 찍은 사진이 아니고?"

"해당 사이트에서 직접 가지고 온 거예요. 거기에 있는 사람들은 자기들을 '약아키스트'라고 이야기하네요."

손채림은 거기서 얻은 정보들을 하나씩 이야기하기 시작했는데, 그 말을 들으면서 사람들은 멍청함에 대해서 다시 생각할 지경이었다.

"그들은 약을 일종의 악처럼 취급해요."

"악이라니?"

"그들은 약이라는 건 아무런 효과도 없는데 기업들이 돈을 벌기 위해서 만들어 낸 거라 생각해요."

"뭔 개 같은 소리야? 그러면 정부에서 그냥 두겠어?"

"정부는 세금을 얻기 위해서 거짓말하는 한통속이라고 생각하고 있어요."

"제정신이야?"

"내가 봐서는 아니야."

그들은 약이라는 게 진짜 효과가 없다고 믿고 있었다.

아니, 효과가 없는 게 아니라 인간의 자연적인 저항력을 깨는 악이라고 생각하고 있었다.

그래서 그들은 약을 쓰지 않고 자연적 치유에 기대야만 한다고 주장하고 있었다.

"제정신이 아니군요."

무태식 변호사는 자신의 자녀를 생각하고는 이해가 되지 않는다는 얼굴이 되었다.

논리적으로도, 아무런 효과도 없는데 저항력이 무너진다는 것은 말이 안 되는 소리가 아닌가?

"도대체 역사는 귓구멍으로 흘려들었답니까?"

"그게 문제예요. 대체적으로 보면 거기에 있는 사람들은 자기가 똑똑하다고 생각해요."

"허?"

"일종의 심리적 함정입니다. 남과 다르다고 선민의식을 가지는 거죠."

노형진은 대충 알 것 같았다.

다른 사람이 일반적으로 하지 않는 행동을 하는 자들.

그들은 하나같이 자신들이 선구적이며 또 특별하다고 생각한다.

물론 진정으로 그런 사람도 있다.

그러나 그런 선구자들의 의견은 확실한 자신에 대한 신념과 믿음 그리고 근거가 있다.

그러나 이런 식으로 합리화하는 자들은 근거는커녕 자신

들이 믿는 것도 자신이 아니라 남이 한 말을 받아들인 것뿐
이다.

"그들은 하나같이 약을 거부하고 아이들을 버려두고 있어
요. 간단한 상처부터 심각한 질병까지, 전부 다 치료를 거부
하고 있고요."

"그래서 자네가 우리에게 이 일에 나서자고 한 거군."

"네, 현행법상 약아키의 행동은 경찰이 나설 만한 것이 아
니니까요. 경찰이 그렇게 조사를 발로 뛰지는 않으니까."

결국 누군가 사건을 들이밀면 그때는 조사할 테니 그걸 새
론에서 하자는 것이었다.

"이게 심각한 일인가?"

김성식 변호사는 사진을 보면서 중얼거렸다.

물론 사진상에 있는 아이들의 상황은 심각하다.

더군다나 누가 봐도 병원에 가야 하는 상황인데 이들의 치
료법은 터무니가 없었다.

약을 바르는 대신에 된장을 바른다는 사람부터 숯을 갈아
서 먹인다는 사람, 심지어 상처에 소독을 위해서 소금물을
뿌리거나 물에 간장을 타서 비강을 세척하는 사람도 있었다.

결론적으로 아무런 검증도 되지 않은 민간요법을 신봉하
며 그걸로 애를 치료하겠다고 하는 것이다.

"심각하지요."

손채림은 걱정스러운 듯 한숨을 쉬면서 말했다.

"약아키의 숫자가 얼마인지 아세요?"

"약아키? 글쎄, 한 2천 되려나?"

김성식은 가볍게 생각했다.

무식한 사람들이 그렇게 많을 거라고는 생각하지 않았기 때문이다.

그러나 그다음 순간, 이게 왜 심각한 일인지 바로 알아들 었다.

"지금 5만 8천 명이에요."

"몇 명?"

"5만 8천 명요."

"5만 8천?"

"네."

"음……."

김성식이 우려 섞인 신음 소리를 내자 노형진은 그에게 자신이 이걸 가지고 온 이유를 말해 줬다.

"제가 왜 이 사건을 가지고 왔겠습니까? 열 명, 스무 명만 되어도 심각한 문제인데, 회원 숫자가 5만 8천 명입니다. 지금 이 순간 5만 8천 명의 아이가 아동 학대를 당하는 꼴인 겁니다."

"흠……."

물론 전부가 그렇게 극단적이지는 않을 것이다.

그러나 어찌 되었건 아픈 아이가 치료받지 못한다는 것은 마찬가지다.

증상의 경중에 따라서 달라지기는 하겠지만 아이가 고통받는 것은 마찬가지라는 소리다.

"그래도 항의하러 가입한 사람이 많지 않나? 일반적으로 그런 사람들이 있는 곳은 반대하는 사람들이 있던데?"

"아니요. 없어요."

손채림은 확실하게 못을 박았다.

"그곳은 자신들에게 반대하거나 하면 바로 탈퇴시켜요. 물론 아예 없는 건 아니지만 10% 미만이에요. 그나마도 상당히 온건파죠. 그러니까 자기 입맛에 안 맞으면 무조건 쫓아낸다고 보시면 돼요."

그런 곳이라면 자정은 불가능한 상황이다.

"더군다나 문제는 그것만이 아니에요. 그들은 예방접종 자체를 부정해요. 약을 맞으면 죽는다고 생각하고요."

"그런데?"

"그게 문제예요. 다른 아이들이 있으니까."

아이들은 어느 정도 나이가 되면 집단생활을 하게 된다.

어린이집, 유치원, 초등학교를 거치고, 당연히 그 안에는 수많은 다른 아이들이 있다.

"아이들이 아무리 예방접종을 한다고 해도 완벽한 건 아니지."

송정한도 이해가 간다는 듯 고개를 끄덕거렸다.

예방접종을 한다고 해서 절대로 그 병에 안 걸리게 되는 것은 아니다. 그 병에 대한 저항성이 생긴다는 뜻일 뿐.

하지만 예방접종을 해도 항체가 안 생기는 경우도 있고, 특정 사유로 인해서 예방접종을 못 맞는 아이들도 있다.

"움직이는 세균 덩어리인 셈이군."

"네."

병에 걸린 아이를 그런 곳으로 등원시키면 당연히 무서운 속도로 병이 퍼지게 된다.

"일종의 살아 있는 질병 폭탄이 되는 셈인데, 그걸 그냥 두라고요?"

"심각하군."

"조사하다 보니 실제로 그런 곳도 있더군요."

어떤 어린이집에서 아이가 수두에 걸렸는데 그 부모는 아이를 어린이집에 등원시켰다.

그리고 한다는 말이, 자신은 약아키라 약은 안 쓴다면서 약을 안 보냈다는 것.

결과적으로 어린이집에 있던 대다수 아이들에게 수두가 옮아서 난리가 난 적도 있다는 것이다.

"무식의 끝은 과연 어디인가 궁금할 지경이군요."

무태식은 머리를 절레절레 흔들었다.

이런 식으로 무식한 인간이라면 아이들에게는 없는 것보다 못한 부모인 셈이다.

"이 부분은 확실하게 그냥 둘 수는 없겠군."

"더 심한 건 이걸 운영하는 사람이 한의사라는 거예요."

"헐."

"의사라고?"

"네."

손채림은 의사라는 사람이 왜 이딴 짓을 하는지 도무지 이해가 가지 않았다.

아무리 한의사라고 하지만 어찌 되었건 의사로서의 기본적인 지식은 배울 수밖에 없다. 그건 양약이든 한약이든 상관없다.

그런데 그런 건 모조리 부정하고 자신만이 맞다고 외치고 있었다.

"심각한 문제군."

사람들은 직업에 관한 신뢰성이 있다.

아무것도 모르는 사람보다는, 그래도 조금이라도 배운 사람을 믿는 것이다.

가령 사람은 아프면 의사를 믿는다.

그게 현실이고, 그러라고 있는 게 의사니까.

'진료는 의사에게, 약은 약사에게'라는 말이 그냥 생긴 말이 아니다.

아무리 의사가 약을 처방한다고 해도 수많은 약을 다 아는 건 아니니까.

그런데 운영자가 한의사라면 사람들은 약아키에 대해서

믿음을 가지게 된다.

결과적으로 더 많은 사람들이 더 많은 피해를 입게 된다.

"이걸 그냥 뒤?"

"아직은 시끄럽지 않으니까요."

"하긴 그렇지."

대한민국은 문제가 시끄러워지기 전에는 움직이지 않는 버릇이 있다.

당장 수만 명이 고통받고 있겠지만 그게 드러나지 않은 이상 정부가 움직일 이유가 없다.

"약아키라……."

노형진은 보고서를 다시 한 번 살폈다.

물론 그곳에 가입한 대부분의 사람들이 모두 그렇게 엄청난 극렬분자는 아니었다.

'하지만…….'

대략 10%만 극렬분자라고 잡아도, 못해도 5천 명 이상의 아이들이 고통받고 있는 상황이다.

"아이들을 때리지 않는다고 아동 학대를 하지 않는 건 아닙니다. 아이들은 자신을 지킬 힘이 없어요. 그러니 무엇에게서든 아이들을 지켜 줘야 하는 것이 부모가 해야 하는 일이지요. 따라서 그걸 거부한다면 그것도 아동 학대입니다."

"동의하네."

"이번 일은 빨리해야겠군."

안 그래도 한국은 아동 학대에 대해서 상당히 관대한 편이다.

더군다나 때리지만 않으면 방치한 끝에 애가 죽어도, 아동 학대로 보지도 않는다.

누군가 고발하지 않는다면 말이다.

"바로 고발을 진행했으면 하는데요."

손채림도 확실하게 자신의 의견을 말했다.

이건 기다려 가면서 해결할 사건이 아니다.

"그렇게 하세."

송정한은 고개를 끄덕거렸다.

경찰에게 이 정도 일을 던져 준다면 일을 참 잘할 것이다.

"바로 움직이지. 자료는 있나?"

"당연히요. 지금 자료 팀에서 밤을 새워 가면서 찾아보겠다고 했어요."

자료 팀 내부에도 부모인 사람도 있고 아닌 사람들도 있었다.

하지만 그들은 하나같이 아이들의 상태를 보면서 경악을 금치 못했다.

"그래, 미안하지만 당분간은 철야를 시켜야겠어."

송정한도 이번에는 다급성을 안다는 듯 말했다.

"노 변호사, 일단은 아동 학대로 들어가야겠지?"

"그래야겠지요. 하지만 확실하게 하려면 다른 방법도 찾아야 한다고 생각합니다."

"어떻게?"

"그걸 찾아봐야지요."

노형진은 그 다른 방법을 찾기 위해서 고민에 빠졌다.

"이게 애들 사진이라고요?"

새론에서는 약아키라는 사이트를 뒤져서 아무래도 위험하다 싶은 사례들을 골라냈다. 그리고 그걸 가지고 바로 경찰서로 향했다.

경찰들은 무슨 아동 학대가 천 단위로 들어오나 하는 생각에 장난하나 하는 표정이 되었다가 제출되는 증거들을 보면서 혀를 내둘렀다.

"애 얼굴이……."

사진뿐만이 아니었다.

사진을 올린 사람들도 있었지만 글만 쓴 사람도 많았다.

"허, 이거 보여? 아이가 화상을 입어서 소금물로 소독을 했다는데? 애가 무슨 독립운동 했냐? 아니, 상처에 소금물을 왜 뿌려? 지금이 일제시대여, 뭐여? 애를 왜 고문해?"

경찰들은 그걸 받아서 보면서 심각하게 말했다.

"이거 가능하면 빨리 진행이 가능할까요?"

"가능하다마다요. 이거 미친놈들 아닙니까?"

아동 학대는 친고죄가 아니다. 그러니 고발이 들어가면 경찰은 얼마든지 조사를 할 수가 있다.

"이런 미친놈들 사이트가 있는 줄은 몰랐습니다."

"바로 조사를 시작해 주세요."

"그러지요. 그러면 새론에서는?"

"일단 아이들의 보호를 시작해야 할 것 같습니다."

"네?"

"경찰에서 조사해도 친권을 박탈하는 건 아니니까요."

"아……."

한국은 부모가 자식을 강간해도 친권을 박탈하지 않는 나라다. 그걸 박탈하기 위해서는 따로 신청해야 한다.

그 지경인데, 단순히 병원에 데리고 가지 않았다는 이유로 친권이 박탈당하지는 않을 것이다.

"그리고 다들 아시잖아요, 이거 형사처벌 해 봐야 별반 달라지지 않을 거."

"그건 그렇지요, 후우."

경찰들은 한숨을 쉬었다.

그럴 수밖에 없는 게, 한국에서는 부모의 자식에 대한 범죄를 상당히 솜방망이 처벌을 하기 때문이다.

위에 언급한 바와 같이 친권을 박탈하지 않는 것도 문제거니와, 설사 조사한다고 해도 아이들의 미래를 위해서라는 이유로 아이를 다시 부모에게 돌려보낸다.

고발했다고 하지만 그들에게 떨어질 처벌은 벌금이 끝일

게 뻔하며, 그들은 다시 가정으로 돌아가 아이들에게 똑같은 짓을 하게 될 것이다.

"그러니 애들을 그들에게서 빼앗아야 합니다. 최소한 그들이 그런 짓을 한다면 아이들을 빼앗길 수도 있다는 걸 알려 줘야 하지요."

"저희보다 새론이 더 급하겠네요."

노형진의 말에 경찰은 안타깝게 말했다.

자신들은 처벌만 내릴 뿐이니 아이들을 구해야 하는 것은 결국 새론이 해야 할 일이었다.

"잘 부탁드립니다."

경찰들은 노형진의 손을 꼭 잡으면서 말했다.

"걱정하지 마세요. 무슨 일이 있어도 구할 테니까."

노형진은 문득 이제는 볼 수 없는 회귀 전의 아이들이 생각났다.

"어때?"

"경찰서마다 난리가 났지."

손채림은 어깨를 으쓱하면서 말했다.

새론은 전력을 다해서 증거를 모았고, 그 증거를 본 경찰들은 경악하면서 서둘러서 사건을 진행시켰다.

그리고 기자들을 불러다가 해당 사진을 공개하면서 이게 무슨 짓이냐고 난리법석을 떨었다.

"하지만 대부분은 자기 애 키우는 방식이라고 도리어 반발하고 있어."

"원래 무식하면 용감한 법이거든."

그들은 반성하는 게 아니라 내 아이를 키우는 방식은 내가 선택한다면서 도리어 항의하고 있었고, 경찰들의 입장에서는 이게 아동 학대로 봐야 하나 고민되는 사건도 많았다.

진짜 아동 학대로 볼 만한 사진들도 있었지만 사진 없이 글만 쓴 것으로는 아동 학대로 보기에는 증거가 부족했기 때문이다.

"난 도리어 의외인 게, 여자들뿐만 아니라 남자들도 적지 않다는 점에서 놀랐다."

"응?"

"보통 아이들은 엄마들이 많이 보살피잖아. 그런데 그 약아키인지 뭔지 하는 곳에는 의외로 아빠들도 많더라."

"무식이 남녀 따지는 거 봤냐?"

"하긴."

무식은 남녀를 따지지 않는다.

남자든 여자든, 머리에 뇌 대신에 우동 사리를 넣고 다니는 인간이 있다는 사실은 변함없다.

"그나마 대다수는 뉘우치는 것 같기는 한데."

자신이 하던 일이 아이에 대한 학대라는 사실을 안 제대로 된 부모는 눈물로 참회하기도 했다.

그들이 무식하기는 하지만 나쁜 부모는 아니다.

제대로 되지 않은 정보를 받아서 속은 것뿐이지, 진짜로 아이들을 사랑하지 않은 것은 아닌 것이다.

그러니 그들은 벌금만 조금 내고 끝날 것이다.

문제는 그 이후다.

"일종의 신념 단계로 넘어간 사람들은 다른 방법을 선택해야 해."

"신념?"

"그래. 자신의 방식이 잘못되었다는 사실을 누군가 지적했을 때, 사람들은 두 가지 반응 중 하나를 보이거든."

하나는 그걸 인정하고 고치려고 하는 것이다.

하지만 일부는 자신의 자존심을 지키기 위해서 부정하고 반박하며 기존의 방식을 공고하게 한다.

이게 신념 단계로 들어가는 건데, 이 상태로 들어가면 말로 해서 해결될 수 있는 상황이 아니게 된다.

"가령 그런 거 있잖아. 어떤 정치인이 제대로 못해도 찍어주는 거."

"하긴."

얼마 전 뉴스를 보면서 손채림은 혀를 끌끌 찼다.

국회의원이 전과 9범이다. 탈세에 폭력에, 심지어 성범죄까지 있음에도 불구하고 그 지역 사람들은 그를 또 뽑아 줬다.

"신념이 되어 버린 상태에서는 외부에서 억압할수록 도리어 극렬하게 반응하거든."

"그러면 어떤 식으로 하게? 일단은 부모잖아. 전처럼 지역 지도자에게 말해 보게?"

"글쎄…… 이번에는 무리일 것 같은데?"

분명히 친권 박탈이 필요한 경우 지역의 수장이 그걸 신청할 권한이 있다.

노형진은 그 방식으로 학대받는 아이들의 친권을 박탈해서 아이들을 구한 적도 있었다.

그러나 이번에는 무리다.

일단 숫자가 너무 많다. 카페의 회원 숫자는 5만 명이 넘는다.

그중 상당수가 고발을 당해서 뉘우쳤을 수도 있지만, 억하심정을 가지고 있는 사람도 분명히 있을 것이다.

"아무래도 표를 가지고 선거에 나가는 사람들은 그들을 적대시하기 힘들지. 자신들의 표가 나가떨어지면 곤란하니까. 거기에다 이들은 가족이란 말이야. 잘못하면 한 표가 아니라 가족 전부의 표가 떨어져 나갈 수도 있어."

"이번에는 다수라는 거지?"

"그래."

그러니 지역 수장을 이용하는 것은 불가능하다.

그렇다면 다른 방식으로 접근해야 한다.

"그러면 어쩌려고?"

"일단은 전염부터 막아야지."

"전염? 하긴, 그게 문제이기는 하지."

손채림은 고개를 끄덕거렸다.

자연 치유 운운하는 사람들의 공통점은 자기 자신이 모든 책임을 지려고 하지 않는다는 것이다.

그들은 아이들을 다른 가정과 똑같이 어린이집이나 유치원, 또는 학교에 보내려고 한다.

자기 자녀로 인해서 얼마나 많은 사람들이 감염될지는 신경도 쓰지 않는다.

"그러니 일단은 그것부터 막자고."

더 많은 피해가 발생하기 전에 그들을 차단하는 것이 가장 먼저 해야 하는 일이었다.

⚖

"여러분은 약아키라는 것을 아십니까?"

노형진은 유치원의 부모들을 모아서 이야기를 시작했다.

다행히 약아키라는 사이트는 지역별로 모임을 만들어서 활동한다. 그래서 그 지역에 약아키가 있는지 없는지 아는 것은 어려운 것이 아니었다.

"약아키?"

"그게 뭔데요?"

난데없이 유치원 원장의 와 달라는 부탁을 받고 유치원으로 온 학부모들은 어리둥절한 얼굴이 되었다.

대부분이 약아키라는 곳을 모르기 때문이다.

"약을 안 쓰고 아기 키우기라는 집단입니다."

"그래요?"

"그런 곳이 있었어?"

다들 어리둥절한 얼굴이 되는 사람들.

대부분 처음 들어 보는 곳일 테니까.

"네. 이 문제 때문에 여러분들을 오시라고 한 겁니다."

"네?"

"현재 이 유치원에는 약아키를 하는 집의 아이가 있습니다."

"그게 무슨 문제지요?"

다들 부모이다 보니 한 명을 차별하는 것을 별로 좋아하지 않는다. 그리고 다들 그게 뭐가 문제가 되는지 모르는 눈치였다.

"문제가 되는 건 그 아이가 아니라 그 엄마입니다."

"엄마?"

"네."

"무슨 말이죠?"

"그 엄마는 아이가 질병에 걸렸음에도 불구하고 등원시키기를 원하고 있습니다."

"네?"

"질병?"

"네. 그들은 기본적으로 예방접종을 부정합니다."

"허?"

노형진은 그들의 문제에 대해서 차근히 설명해 줬다.

그들이 어째서 문제인지, 그리고 그들이 얼마나 위험한지.

그리고 마지막 부분에 왔을 때, 다들 크게 걱정하게 될 수밖에 없었다.

"그러니까 그 아이들이 유치원에 계속 등원하면 우리 애들도 감염될 수 있다는 소리잖아요?"

"네."

노형진이 걱정하는 부분이 바로 그것이었다.

"집단적 예방이라는 것이 있습니다. 이게 무슨 소리냐면, 주변에 예방접종을 한 사람이 많으면 예방접종을 하지 않아도 안전해진다는 뜻이지요."

"……."

"하지만 반대로 말하면, 접종하지 않은 사람이 있으면 방역은 쉽게 뚫리기 마련이지요. 현재 약아키를 하는 아이는 수두를 앓고 있습니다. 그리고 부모가 등원을 요구하고 있는 상황이지요. 여기서 볼거리 예방접종 안 하신 분 많지요?"

수두는 필수 접종 대상이 아니다. 사실상 이제는 거의 사라진 것이 수두이다 보니 안 하는 사람이 적지 않다.

그리고 그 말 한마디에 부모들은 난리가 났다.

"그게 무슨 말씀이세요! 수두라니!"

"지금 수두를 앓고 있는 애를 등원시키겠다는 거예요?"

학부모들은 기겁하면서 일어나 소리를 질렀다.

아무리 개념이 없어도 그렇지, 수두를 앓고 있는데 등원시키겠다니.

원장이 잽싸게 손을 흔들었다.

"아니요, 그게 아니에요. 물론 아니죠. 하지만 저쪽 분이 불만이 많아요."

"그게 무슨 말씀이세요?"

"저쪽에서는 수두가 별거 아니니 등원시키겠다는 거예요."

"미친!"

잘못하면 애 인생을 망칠 수 있는 질병을 별거 아니라고 하다니.

"저는 안 된다고 했는데 아예 데려다 놓고 가겠다고 하네요. 말이 안 통해요."

엄밀하게 말하면 전염성이 있는 질병이 발병하면 그 아이는 등원해서는 안 된다.

하지만 약아끼를 하는 부모들은 그러면 자기가 힘드니까 등원시키려고 한다.

그렇다면 최소한 약을 먹여서 전염 가능성이라도 막아야

하는데, 그들은 자연주의로 키운다면서 약은 안 먹인다.

심지어 그들의 사이트에 가면 유치원이나 어린이집에서 뭐라고 할 때를 대비해서 물과 매실 등을 섞어서 가짜 약을 만들어 들려 보내는 방법까지 알려 주고 있었다.

"어머, 어머!"

"그 사람들, 제정신이야?"

"그래서 여러분들을 모아 달라고 한 겁니다."

"네?"

"저쪽에서 등원하지 못하게 막아야 하거든요."

"그게 무슨 말씀이세요?"

"어린이집이나 유치원 등은 아이가 병에 걸렸다는 이유만으로 무조건 등원을 막을 수는 없습니다. 강제 사항이 아니에요."

진짜 이런 식으로 막무가내로 애를 두고 가 버리면 선생님들이 내버려 둘 수는 없다.

"그렇다고 따로 격리시킬 수도 없죠."

격리라는 것 자체가 한곳에 따로 둬야 한다는 건데, 그럴 공간도 없고 그럴 인력도 없는 게 현실이다.

"사실 격리시킨다고 해도 일이 끝나는 건 아닙니다. 그 아이가 접촉했던 모든 물건에 세균이 남아 있을 수 있으니까요. 결국 그걸 소독해야 하는데, 그걸 한다고 해도 다음 날 그 아이가 다시 오면 의미가 없지요. 그리고 공기로 전염되는 질병이라면 심각하다 못해서 난리가 날 테고요."

"어머, 어머."

"그 여자 뭐야?"

어머니들은 기가 막혀 했다.

그리고 당장 자신들의 아이들을 걱정하기 시작했다.

아이가 아프면 부모의 가슴은 타들어 가기 마련이다. 노형
진은 그 점을 이용해서 그들을 막기로 했다.

"그걸 막기 위해서, 그래서 어머니들의 도움이 필요합니다."

"네?"

"법원을 통해서 강제로 명령을 받아 내야 하거든요."

"강제로요?"

"네."

법원을 통해서 통학 금지 가처분 신청을 받아 낼 셈이다.

"그걸 받으면 그 사람들은 아이들을 보낼 수 없습니다."

"오래 걸리지 않아요?"

"가처분 같은 경우는 금방 됩니다."

"그래요?"

"네. 더군다나 위급 상황이니까요."

세상천지에 질병이 걸린 아이를 강제로 집에 보내겠다는
데 그걸 불허해 줄 사람은 없다.

"그런데 왜 그걸 유치원에서 안 하고?"

"선례가 없거든요."

"선례?"

"네."

선례가 없다 보니 유치원은 무조건 막을 수가 없다.

물론 막으려고 노력하지만, 지금처럼 데려다 놓고 가겠다는 식으로 막나오면 방법이 없는 게 현실이다.

"하지만 여러분들이 도와주셔서 선례가 만들어진다면 이야기는 달라집니다."

일단 가처분 신청을 해서 유치원에 오는 것을 막는 것도 있지만, 추후 비슷한 일이 있을 때 원장은 이번 일을 핑계 삼아서 오는 것을 차단할 수가 있는 것이다.

"여러분들도 알다시피 어린이집이나 유치원은 평판이 중요하지요."

그런데 애가 좀 아프다고 안 받아 준다고 글을 싸지르면 그들의 평판은 떨어진다.

그러니 유치원이나 어린이집에서 곤란해하는 것이다.

"하지만 법원에서 명령을 받으면 이야기는 달라지지요."

만일 그걸 가지고 인터넷에서 좀 아프다고 안 받아 줬다고 징징거리면, 어린이집이나 유치원은 법원의 명령을 기반으로 허위 사실 유포로 고발할 수도 있다.

그러니 그들은 심적으로 부담이 덜해진다.

"지금 이 지역에 약아키라는 곳의 방식으로 키워지는 아이들만 네 명입니다. 그들 중 한 명이라도 치명적 질병을 가지고 온다면 여러분의 아이들도 걸릴 수 있습니다."

"말도 안 돼!"

"그러니 여러분들이 도와주세요. 여러분의 아이들을 위해
서라도, 오는 걸 막아야 하니까요."

"당연히 해야지요!"

"그럴게요!"

노형진이 말하자 부모들은 너도나도 소송에 참여하겠다고
했고, 곧 다른 변호사의 안내를 받아서 소장을 작성하기 시
작했다.

"감사해요."

원장은 안도의 한숨을 내쉬었다.

그럴 수밖에 없는 게, 자신이 생각해도 그 아이가 진짜로
출원하면 수두가 퍼지는 건 순식간이기 때문이다.

"도무지 말이 안 통해서 어쩌나 하고 있었는데."

"아닙니다. 당연히 막아야지요. 하지만 아까 말씀드렸다
시피, 이 방법을 다른 분들에게도 알려 주셔야 합니다."

"당연하지요."

어린이집이나 유치원은 지역별로 커뮤니티가 있다. 그러
니 그들이 이 방법을 공유한다면 어렵지 않게 질병에 걸린
아이들의 등원을 막을 수 있다.

"하지만 아이들은 어쩌시려고요? 다른 아이들은 지킬 수
있지만, 정작 그 아이들은 방법이 없잖아요."

"그건 다른 방식을 써야지요."

병이 발생하면 가장 중요한 것은 번지는 것을 막는 것이다.

그리고 일단 급한 대로 불은 껐다.

이제는 진짜 진원지를 흔들 차례였다.

'이건 뭐…… 내가 의사도 아니고.'

이제는 병까지 법으로 다뤄야 하나 하는 생각에 노형진은 왠지 서글퍼지는 기분이었다.

이것이 법이다

자연주의 같은 소리 하고 자빠졌네

"일단은 공문서 위조부터 가볍게 시작하자."

노형진은 가장 큰 문제를 해결하기로 했다.

그런데 그가 한 말은 생각지도 못한 말이었다.

"뭐? 공문서 위조? 웬 공문서 위조?"

애들이 아픈데 공문서 위조라니?

질병과 공문서 위조는 전혀 관련이 없는 사항이 아닌가?

"전혀 관련이 없는 건 아니지."

"어째서?"

"너, 초등학교에 들어가려면 필수 예방접종 확인서를 내야 하는 거 모르지?"

"어? 그런 게 있었어?"

"그런 게 있어. 아직 미혼이라 모르겠지만."

노형진은 안다. 겪어 봤으니까.

초등학교에 입학하기 위해서는 학교에 필수 예방접종 확인서를 내야 한다.

그런데 여기서 문제가 생긴다.

학교에 그걸 내지 않으면 그걸 맞고 오라고 한다.

한데 약아키라는 작자들은 예방접종을 하면 큰일 나는 줄 안다. 그렇다면 어떻게 할까?

"아하!"

그러면 방법은 간단하다. 바로 위조.

그다지 복잡한 서식도 아니니 위조해서 내는 것은 어려운 일이 아니다.

그걸 일일이 확인하는 것도 아니니까, 서식만 맞으면 학교에서는 의심하지 않는다.

"미친. 이제는 법 따위는 안중에도 없다는 거야?"

"자기 자신에게도 그딴 식인데 법 따위가 안중에 들어오겠어?"

무식한 사람이 잘못된 신념을 가지면 답이 없다고 했다.

자기 자신들조차도 전혀 검증되지 않은 방식으로 실험체처럼 키우는 인간들이 제대로 된 생각을 할 리 없다.

"물론 이런 사람들은 일부이기는 하겠지. 하지만 원래 미꾸라지 한 마리가 개천을 흐린다고 했어."

그 사람이 접종을 안 하는 것이 중요한 게 아니다.

그로 인해서 집단 방역 시스템에 구멍이 난다는 뜻이며, 그로 인해서 수십 명이 감염될 수도 있다는 것이 중요한 것이다.

실제로 미국에서는 이러한 집단 방역의 구멍으로 인해서 사망자가 발생했다.

소위 자연주의를 추구하는 집에서 아이를 학교에 보냈는데, 그 아이 때문에 감염된 아이가 사망하는 사건이 발생한 것.

웃긴 게, 정작 병을 옮긴 아이는 살아남았다.

"자기들 아이는 살았다고 안심할 건 아니지."

결국 피해자의 할아버지는 분노를 참지 못하고 그 집으로 가서 총으로 일가족을 사살하고 자신도 자살했다.

"하긴······."

한국에서도 비슷한 사건이 있었다.

아이가 질병에 걸렸는데 약 안 쓰고 키운다고 부모가 그냥 학교에 보낸 것.

그로 인해서 담임이 감염되었는데 하필 그 담임이 임신 중이라 아이가 질병으로 인해 사산된 사건도 있었고, 기형을 가지고 태어난 경우도 있었다.

그들은 자기 아이들을 편한 대로 키우는 것뿐이라고 하지만 그로 인한 피해는 주변에서 보게 되는 것이다.

"그런 작자들은 결국 자식도 남이지."

하지만 그런 작자들은 자신에게 피해가 오기 시작하면 결국 돌변하게 된다는 것은 노형진은 알고 있었다.

"하수진 씨? 경찰입니다."

"네, 무슨 일이시죠?"

일을 하고 있던 하수진은 자신을 찾아온 경찰을 고개를 들어서 살펴봤다.

자신에게 경찰이 찾아올 만한 일은 없기 때문이다.

"아드님이 초등학교 2학년 맞으시지요?"

"그런데요?"

"아드님을 입학시킬 때 제출한 필수 예방접종 서류, 어디서 만드셨습니까?"

"네?"

"병원에 확인해 봤는데, 그런 걸 발급한 기록이 없다는데요? 심지어 병원에서는 접종 기록도 없다고 하더군요."

아차 하는 얼굴이 된 하수진은 주변을 둘러봤다.

하지만 경찰이 왔다는 것 자체가 사람들에게 소문이 나서 다들 이쪽을 바라보고 있었다.

"동행해 주셔야겠습니다."

"나, 난⋯⋯."

"부탁 아닙니다. 여기, 체포 영장."

체포 영장을 들이밀자 하수진은 더 이상 도망갈 구멍이 없다는 사실에 세상이 노래지는 기분이었다.

"어이가 없네요. 사건 수사하면서 이런 걸 위조하는 사람은 처음 봤습니다."

경찰은 그렇게 말하면서 주변을 스윽 둘러봤다. 그의 목소리가 저절로 더 커졌다.

"더군다나 당신은 선생님이잖아요?"

"그, 그게……."

"아니, 선생이라는 작자가 아이한테 예방접종도 안 시키고 그걸 감추려고 서류까지 위조해요?"

"아니에요! 난 자연주의로 키우려고……!"

그녀는 필사적으로 변명했다.

하지만 변명은 어디까지나 변명일 뿐이었다.

"변명은 서로 가서 하시지요."

그녀의 손에 수갑을 채운 경찰은 그녀를 끌어냈다.

"잠시만요! 수업이……!"

"수업은 다른 분이 해 주시겠지요."

"한 번만 봐주세요!"

"그건 판사한테 하시고."

그녀가 끌려 나가자 다들 그녀가 있던 자리에 모여들었다.

"위조? 아니, 선생님이라는 사람이 서류를 위조한 거야? 그것도 초등학교 선생이?"

심지어 그녀의 아들은 이 학교에 다닌다.

그러니까 학교 자체를 속인 것이다.

"미친 거 아냐?"

"아니, 왜 그랬대?"

"요즘 시끄러운 약아키인지 뭔지인가 본데?"

"헐? 미친!"

다들 기겁했다.

안 그래도 요즘 그 일로 인해 인터넷이 상당히 시끄럽다.

누가 봐도 아동 학대인 행동을 태연하게 하기 때문이다.

물론 그녀가 아들을 학대한 것은 아니다.

아픈데 병원에 데려가지 않는 것은 아동 학대로 분류될 수 있는 행위지만, 다행스럽게도 그녀의 아들은 크게 아픈 적이 없기 때문이다.

하지만 그렇다고 해도 결국 서류를 조작한 것은 사실이기에 그녀는 처벌을 피할 수 없을 것이다.

더군다나 그녀는 그것도 부족해서 조작할 때 쓰라고 관련 서식을 사이트에 올리기까지 했으니 빼도 박도 못할 상황이 된 것이다.

"어째 불안한데."

"응?"

"이런 일이 터지면 보통 전수조사 들어가잖아."

"설마……."

"설마가 사람 많이 잡았지."

만일 이런 식으로 조작된 서류가 더 있다면, 그리고 예방접종이 되어 있지 않다면 결국 그걸 알아내는 것은 서류 자체를 전수조사 하는 것뿐이다.

그리고 그 일은 남은 선생님들이 해야 하는 일이 된다.

"망했네."

남은 선생님들은 짜증 난다는 얼굴로 끌려 나간 하수진의 자리를 노려보는 것 말고는 할 수 있는 게 없었다.

⚖

"아주 개판이네, 개판."

예상대로 몇 명만 건드리자 교육부는 바로 전수조사를 명령했다.

질병이 퍼질 수 있다는 심각한 두려움 때문에 부모들이 들고일어난 것이다. 거기에다 그로 인해서 아이가 사산되고 기형아까지 태어났다는 사실이 뉴스로 알려지자 임신하거나 임신할 예정이었던 선생님들이 불안감을 호소해, 결국 전수조사에 들어갔다.

그리고 전국에서 수백 건의 조작된 서류들이 나오기 시작했다.

"아니, 떼거지로 미쳤네."

"그러니까."

더 웃긴 건 그 후다.

처음에는 자연주의 어쩌고 하면서 위조까지 해 가며 아이들에게 예방접종을 시키지 않았던 사람들이 갑자기 돌변해서 너도나도 예방접종을 하기 시작한 것이다.

"와, 진짜 너무하다."

"그러게 말이다."

그 이유는 간단했다. 바로 선처를 노리기 위해서였다.

만일 이런 상황에서도 예방접종을 하지 않으면 반성하지 않는다는 뜻이 되기 때문에 법원에 선처를 요구하기 위해서는 예방접종을 할 수밖에 없게 된 것이다.

"애들 목숨은 목숨이 아닌가?"

자신들을 위해서는 예방접종을 하는 그들의 모습에 손채림은 실망한 듯한 얼굴이 되었다.

"원래 그런 거야. 제대로 된 사람이라면 애초에 그럴 수는 없지."

"하지만 그쪽도 억울하다고 하잖아?"

언론과 인터넷에서 때리고 사회적으로 문제가 되기 시작하자 그들은 조작된 이야기라면서 자신들의 억울함을 주장하기 시작했다.

그리고 실제로 이런 자연주의로 치료된 아이들이 있다는 것도 주장하기 시작했다.

"뭐, 그건 인정하지."

노형진도 그 부분은 인정한다.

마냥 약을 쓰는 건 좋지 않다. 그건 안다.

하지만 문제는 정도의 차이다.

"가벼운 콧물 기침? 이해해. 가벼운 타박상? 이해해. 그런데 말이야, 그게 콧물 기침인지, 폐렴인지, 타박상인지, 아니면 부러진 건지 부모가 어떻게 알아?"

"응?"

"소위 말하는 자연주의를 주장하는 사람들이 말하는 게 뭔지 알아? 최소한이야, 최소한. 그런데 최소한으로 약을 쓰려면 그게 뭔지 알아야 하잖아? 그런데 그걸 어떻게 알아?"

"아하!"

"그걸 해결하지도 않고 자기들은 자연주의를 추구한다고 하면 그건 개소리밖에 안 되지."

"맞네."

사람은 아프면 비슷한 증상이 일어난다.

열이 나고 기침이 나고 콧물이 나고.

하지만 어떤 건 단순한 감기일 수도 있고, 어떤 건 폐렴일 수도 있으며, 어떤 건 뇌수막염일 수도 있다.

"애가 아프면 일단 병원을 데리고 가야지."

일단 진단을 받고 난 후에 가벼운 질병이면 약을 안 먹이면서 치료할 수 있다.

하지만 그런 사람들은 애초에 아이를 병원에 데리고 가지조차 않는다.

"그게 무슨 자연주의야. 그냥 미친 짓이지."

애초에 자기들끼리만 그러면 상관이 없는데 자기들이 아니라 아이가 대상이다.

더군다나 그러다가 주변에 병을 옮긴다 해도 일말의 미안함도 가지지 않는다.

"그래 놓고 무슨."

노형진은 혀를 끌끌 찼다.

증상이 심한 아이들은 아동 학대로, 취학한 아이들은 공문서 위조로 압박을 가하자 너도나도 예방접종을 하는 걸 보면 기가 막힐 노릇이었다.

"남은 건 한 가지뿐이네."

"어떤 거?"

"그 의사 잡는 거."

"음……."

조사 결과, 그곳을 운영하는 사람은 확실히 한의사라고 했다.

"그 인간이 아니었다면 이런 일도 벌어지지 않았을 거야."

"그렇겠지."

"그리고 사이트만 폐쇄한다고 해서 끝나는 것도 아니야."

일단 어떻게든 해서 사이트를 폐쇄한다고 하더라도 다른 곳을 새로 만들어서 활동하면 그만이다.

세상에는 멍청한 인간들이 생각보다 많아서, 이름만 조금 바꾸면 전혀 다른 곳인 줄 알고 들어가는 사람들이 많다.

"그러니 그놈부터 잡아야 추가적인 문제가 안 생겨."

"그런데 난 아직도 이해가 안 가는 게 있는데."

"응? 뭐가?"

"왜 저딴 헛소리를 하는 거야?"

"뭐 다른 이유가 있겠어?"

노형진은 어깨를 으쓱했다.

"정치적인 문제라면 신념이니 어쩌니 하겠지만, 제대로 배운 의사가 말도 안 되는 헛소리를 하는 이유가 뭐겠어?"

"설마…… 돈?"

"맞아."

"설마."

"설마가 사람 많이 잡는 법이다. 애초에 그 사이트에 가면 물건을 판다면서?"

"어? 그렇지."

"거기에다 힐링 여행이라고 해서, 자기네 병원에 와서 약 받아 가는 것까지 있다면서?"

"어…… 그렇지?"

"거기에다 건강식품이라고 해서 별걸 다 판다면서? 그게 의사가 할 일이라고 생각해?"

"아아……."

해당 사이트에 들어가면 꿀부터 먹는 숯가루까지, 별의별 걸 다 판다.

그런데 그런 걸 병원에서 팔 리 없다.

그걸 판다는 것 자체가 돈을 벌기 위한 일인데, 현행법상 병원은 수익 사업을 해서는 안 되기 때문이다.

"건강식품은 그렇다고 쳐. 왜 예방접종도 맞으면 죽는 것처럼 이야기하겠어?"

"응?"

"이런 말이 있지, 토마토가 빨간색으로 익어 가면 의사는 파란색으로 질린다."

"뭔 소리야?"

"토마토가 그만큼 몸에 좋다는 뜻이기도 하지만, 어떤 면에서 보면 사람들이 아프지 않으면 의사는 돈을 못 번다는 뜻이기도 하지."

"설마."

손채림은 믿을 수 없다는 듯 그렇게 말했다가 고개를 흔들었다.

그동안 일하면서 느낀 것이, 이 세상에 '설마'란 없다는 것이다.

어떤 때에는 상상보다 더 잔혹한 일이 벌어지는 것이 현실이다.

"돈만 준다면 사람 목숨 따위는 신경도 안 쓰는 사람들이 넘쳐 나. 그런 녀석이 공부를 잘한다면 의사가 되지 말라는 법은 없지."

"끄응……."

실제로 사이코패스 의사나 간호사도 많다.

중증은 아니라서 살인까지 하는 건 아니지만, 사람이 다치는 건 신경도 안 쓴다.

"예방접종을 안 하면 당연히 아프지. 아프면 의사를 찾아가겠지? 그런데 자연주의 한다고 예방접종도 안 하는 놈들이 누굴 찾아가겠어?"

"완전히 구더기 무서워서 장 못 담그는 거 아냐?"

"딱 그 짝이지."

물론 항생제가 마냥 좋은 것은 아니다. 실제로 내성이 생길 가능성도 있다.

하지만 그걸 알면 적당히 줄이든가 해야지, 아픈데도 항생제 내성이 생기는 걸 막기 위해 진료를 거부한다는 게 무슨 말도 안 되는 소리란 말인가?

그나마도 자신이 거부하는 거라면 자신의 선택이지만, 말 못하는 아이들에게 하는 짓거리라니.

"일단 그 의사를 고발하자."

"하지만 무슨 수로?"

"방법은 넘치지."

노형진이 가장 먼저 걸고 넘어진 것은 다름 아닌 방판법 위반이었다.

방문판매에 관한 법률이라는 건데, 방문판매 또는 인터넷 판매를 하기 위해서는 필수적으로 지켜야 하는 법이다.

"그래?"

"상식적으로 생각해 봐. 인터넷 판매 업체가 한 곳이야?"

"그렇기는 하지."

사람을 대면하는 게 아니라 물건을 택배로 보내는 것이 그들의 방식이다.

그러니 그들이 사기를 치려고 하면 답이 없다.

가짜 주소를 올리는 것은 어려운 일이 아니니까.

"그리고 탈세 문제도 있거든."

모든 상행위는 관련 세금을 내야 한다.

그런데 보이지 않는 상대와 거래하다 보니 당연히 세금을 내지 않는다.

"그 사람이 낼 수도 있잖아?"

노형진은 피식 웃었다.

그렇게 양심적으로 장사하는 놈은 아니라는 걸 이미 알고 있다.

사실 양심적인 걸 떠나서, 실질적으로 문제가 되는 것도 있고.

"일단 파는 품목만 봐도 상당히 비양심적인 것 같은데?"

"응?"

"이것 봐 봐. 먹는 숯이나 영아용 꿀, 화상용 된장까지 팔아."

"그래서?"

"이게 일단 효과가 없다는 건 둘째 치고, 먹는 숯이란 건 존재하지만 존재하지 않는 거야."

손채림은 고개를 갸웃했다.

존재하지만 존재하지 않는다니?

"그게 무슨 소리야?"

"먹는 숯이 없는 건 아니야. 하지만 일반인은 그걸 손에 넣을 수 없다는 거지."

그건 엄밀하게 말하면 의료용품에 들어가며 의사의 진단서가 필요한 물건이다.

쉽게 말해서 의료용으로 목적에 맞게 가공되어 나오는 일종의 의약품이기 때문에, 진단서 없이 일반인이 쉽게 구할 수 있는 물건이 아닌 것이다.

"그래도 이 사람은 의사잖아?"

"그건 그렇지. 그러면 더 문제가 돼."

"왜? 자기가 진단서를 끊어 주면 되잖아?"

"화상 진료도 금지거든. 우리나라 특성상 의료 행위는 의사가 직접 보고 하게 되어 있어."

물론 왕진이라는 형태로 그곳에 가서 볼 수도 있지만, 그걸 전국적으로 하는 건 불가능하다.

　　이는 즉, 상대방을 보지도 않고 그냥 팔았다는 뜻이다.

　　"초반부터 크게 걸리네."

　　명백한 의료법 위반 행위다.

　　"더군다나 꿀은 영아들에게는 먹이면 안 돼."

　　"뭐? 먹이면 안 된다고?"

　　"그래, 꿀이 기본적으로 몸에 좋은 것이기는 하지만 아주 미량의 독소가 있거든. 어른이면 큰 문제가 안 되지만 말이야."

　　하지만 제대로 간이 발달하지 않고 신체 반응도 빠른 아이들은 이야기가 다르다.

　　실제로 12개월 미만의 아이가 꿀을 먹고 그 독소로 인해서 사망한 사건이 일본에서 발생했을 정도로, 꿀을 아이에게 주는 것은 위험한 일이다.

　　"하지만 여기에 보면 열두 시간을 끓인 안전한 꿀이라고 되어 있는데."

　　"그러니까 거짓이라는 거야. 문제가 되는 성분은 세균이 아니라 독소라고. 너, 소금물을 끓이면 어떻게 되겠어?"

　　"아…… 그러네."

　　소금물을 끓이면 소금만 남게 된다. 물은 증발하니까.

　　즉, 꿀을 열두 시간 동안 끓이면 진해지는 만큼 독성도 강해진다는 뜻이다.

"이건 영아의 입장에서는 독극물이야, 독극물."

"미친."

"의사라면 당연히 아는 사실이지."

"그런데 근본적인 문제가 뭔데?"

"병원은 수익 사업을 하지 못하게 되어 있어. 기억 안 나? 얼마 전까지 시끄러웠잖아."

"아하! 맞다! 내가 왜 그 생각을 못 했지?"

한국은 법적으로 병원이 수익 사업을 하지 못하게 되어 있다.

미국식 의료 제도는 병원의 상업성을 인정해서 심각할 정도로 문제가 되었다.

각 보험은 정해진 병원에서만 효과를 발휘해서 당장 죽을 것 같아도 근처에 있는 병원이 아니라 멀리 있는 병원으로 가야 하고, 그나마도 절대 가격이 싼 것이 아니다.

그곳에서는 장갑 하나, 면봉 하나까지 가격을 책정해서 요구한다.

보험이 들어 있으면 그나마 거기서 내주지만 그 대신 보험료가 무지막지하게 오르거나 다음번 보험 가입을 거절당한다.

"미국은 그래서 아픈 사람이 있으면 집안이 망하는 게 순식간이지."

그러한 문제 때문에 한국은 병원의 상업화를 막는 입장인데, 현 정부에 들어서 대통령과 부자들이 상업화를 시키려고 혈안이 되어 있었다.

"상업화한 거네."

명백하게 하지 말라고 되어 있는데 그는 상업적 행위를 했다.

관련이 없는 커피숍이나 편의점 같은 거라면 이해라도 하겠는데 명백하게 병원과 연계해서 판매하는 곳이다.

"과연 이에 대해 뭐라고 변명할지 한번 만나 보자고."

노형진은 씩 웃었다.

고발하는 순간 경찰이 바로 수사에 들어갈 것은 명확했다.

의료법 위반과 방문판매법 위반 등등, 건수는 넘쳤기 때문이다.

하지만 건수는 그것만 있는 게 아니었다.

"형진아! 찾았어!"

노형진은 자리에서 벌떡 일어났다.

"드디어 찾았어?"

"그래. 진짜 은밀하게 감춰 놨더라."

"어딘데?"

"강원도 산골이야. 발송한 주소는 애초부터 가짜였어."

"공장이 거기에 있어?"

"응."

해당 사이트의 회원수만 무려 5만 8천 명이 넘는다. 그렇다면 절대로 혼자서 만들어서 감당할 수 있는 수준이 아니다.

그러니 어디선가 만들고 있을 거라 의심했다.

"잘했어! 바로 경찰을 불러야겠다."

"경찰이랑 이미 다 이야기가 된 거야?"

"그렇지."

고발이 들어가면 그들은 바로 그곳을 버리고 도망갈 거라는 것을 예상하는 것은 어려운 일이 아니었다.

그래서 그 전에 증거를 모으기 위해 노형진은 고발을 잠깐 늦추고 그들의 뒤를 캤던 것이다.

그 결과, 불법적으로 의료용품을 만드는 공장을 찾을 수 있었다.

"바로 고발하자고."

노형진은 고발장을 들고 경찰서로 향했다.

경찰과 검찰에는 이미 다 이야기해 둔 상황이라 고발장이 들어감과 동시에 수색영장과 체포 영장이 나왔다.

"증거가 넘쳐서 문제더군요."

김 경사는 머리를 흔들면서 말했다.

"주신 증거 말고도, 인터넷에서 조금만 찾아보면 미친 짓거리가 아주 체계적으로 나와 있어요. 아주 그냥 무안단물이에요, 무안단물."

"큭."

같이 움직이던 사람들이 애써 웃음을 참았다.

"무안단물이 뭐야?"

"아, 일종의 사이비 종교 관련 가짜 약이야."

먹기만 하면 암도 치료되고 화상도 치료되고, 심지어 고장 난 세탁기까지 고쳐진다는 개 같은 소리를 하던 사이비 집단의 물건이었다.

물론 그 성분은 그냥 수돗물이었지만.

"도대체 의사라는 작자가 미치지 않고서야……."

"미친 거죠, 돈이라는 괴물에."

"하긴."

심지어 신종 플루에 걸리면 병원에 가지 말고 자신에게 오라고 쓰여 있기까지 했다.

자신이 하루 만에 다 치료해 줄 수 있다고.

"도대체 몇 명이나 죽이려고."

신종 플루에 걸린 사람이 제정신이 아닌 상태에서 운전하고 가지는 못하니 당연히 대중교통을 타고 움직일 테고, 그 과정에서 노출되는 수많은 사람들이 감염될 것은 뻔한 일이다.

사람이 죽을 수도 있는 질병을 너무 만만하게 보는 것은 둘째 치고, 질병의 예방은 방역이라는 가장 기본적인 것조차 지키지 않고 있었다.

"그리고 애초에 신종 플루는 한약으로 치료할 수 있는 질병도 아니야."

한약도 양약도, 각각의 장단점이 있다.

이것이 법이다

한약은 평소에 몸을 보호하고 기운을 보강해 줄 수는 있지만 양약에 비해서 신종 질병에 대한 적응력이 떨어진다.

양약은 독한 만큼 효과는 좋지만 과하게 먹으면 약물중독이 될 수 있다.

"하물며 신종 플루에 왜 신종이라는 단어가 붙었는데."

한약이라는 것이 생길 때에는 없었던 질병이다. 그런데 그게 한약으로 치료될 리 없다.

그걸 치료하겠다니.

"도착했어."

현장에 도착하자 사람들은 차에서 내려서 어두운 숲을 헤치고 안으로 들어갔다.

그리고 작고 허름한 조립식 건물을 보고 혀를 끌끌 찼다.

"뭐? 의료용품이라고?"

공장의 상황은 심각했다.

한쪽에서는 소위 말하는 건강용 숯을 만들고 있었는데, 그게 가관이었다.

"저게 끝이라고요?"

숯을 사다가 씻은 후 말려서 분쇄하는 것. 그게 끝이었다.

애초에 의료용으로 만드는 모든 과정이 생략되어 있었다.

"그나마 숯도 중국산인데요?"

노형진의 옆구리를 쿡 찌르면서 한쪽 구석을 가리키는 김경사.

거기에는 한자가 인쇄된 상자가 잔뜩 쌓여 있었는데, 거뭇 거뭇한 것이 숯을 포장했던 상자로 보였다.

"같은 공간에서 꿀도 만드는 것 같습니다."

약간 떨어진 공간에서는 꿀을 만들고 있었다.

그런데 그 꿀을 만드는 방식이 정말로 '끓이는 것'이었다.

물론 열두 시간 동안 끓인다고 했으니 당연히 끓이기야 하겠지만, 옆에서 숯을 갈고 있으니 거기서 발생한 먼지가 다 어디로 가겠는가?

그런데 솥뚜껑을 열어 둔 채로 끓이고 있었다.

"음……."

노형진은 그걸 보고 주변을 스윽 둘러봤다.

"아무래도 여기에 수도는 안 들어오겠지요?"

"그렇지요. 그건 왜요?"

"그러면 저 물은 어디서 오는 걸까요?"

끓으면 당연히 졸아들 수밖에 없다. 그러니 거기에 물을 넣어야 한다.

지금도 열린 솥 안으로 호스에서 물이 들어가고 있었다. 그런데 여기는 수도가 안 들어온다.

"지하수 아닐까요?"

"뭐가 들어 있는 줄 알고요?"

"아!"

지하수라고 마냥 깨끗한 것은 아니다. 그래서 모든 지하수는 검사를 거친 후에야 음용이 가능하다.

그러나 척 봐도 저들이 검사를 거쳤을 리 없다.

"더군다나 지하수도 결국은 물이거든요."

그 안에 있는 수많은 성분. 그게 끓이면 당연히 쫄아들고 성분들은 강화된다.

꿀도 못 먹을 만큼 조심스럽고 예민한 게 영아들이다. 그런데 뭐가 들어 있는지도 모르는 지하수의 성분을 저렇게 농축해서 먹인다?

"미쳤네, 미쳤어."

손채림도 혀를 내둘렀다.

ㅡ지지직. 포위 끝났습니다.

무전기 너머에서 들리는 목소리.

일당이 도망칠 것을 대비해서 주변을 포위하는 데 좀 걸리는 듯하더니 드디어 포위가 끝난 모양이었다.

"한 놈도 도망 못 가게 막았지요?"

ㅡ네.

"그러면 들어가지요."

김 경사는 자리에서 벌떡 일어나 그곳으로 다가가기 시작했다.

"그리고 이쯤에서 저들이 선량한 사람인지 아닌지 알 수 있지."

"응?"

노형진의 말에 그게 무슨 뜻인지 물어보려고 고개를 돌린 손채림.

그러나 그 답은 다른 곳에서 먼저 나왔다.

"경찰입니다."

다른 말을 하지 않고 오로지 그 한마디만 했을 뿐이지만 반응은 빨랐다.

"싯팔, 튀어!"

그들은 하던 일을 멈추고 사방으로 튀기 시작했다.

그러나 이미 포위된 상태였던지라 그들은 채 100미터도 가기 전에 덤불에 숨어 있던 다른 경찰의 기습을 받아서 바닥을 나뒹굴었다.

"으아악!"

"놔, 이 새끼들아! 놓으라고!"

발악하는 사람들.

그걸 보고 손채림은 혀를 끌끌 찼다.

노형진이 아까 한 말의 뜻을 이제야 안 것이다.

"선량한 사람은 아닌 것 같네."

"그렇지?"

상식적으로 선량한 사람이고 이게 뭐에 쓰이는지 모르는 사람이라면 무슨 일인가 하고 다가오거나 걱정스러운 눈빛으로 이쪽을 바라보는 것이 정상이다.

그러나 그들은 그렇게 하는 대신에 사방으로 튀었다.

즉, 이게 어디에 쓰이는지, 그리고 얼마나 잘못된 일인지 알고 있었다는 뜻이다.

"씻팔, 안 놔! 놓으라고!"

질질 끌려 나가는 사람들을 보면서 노형진은 혀를 끌끌 찰 수밖에 없었다.

의료법 위반, 식품법 위반, 방문판매법 위반.

그 모든 것이 다 죄다 걸렸으니 그가 빠져나갈 구멍이 없다고 봐도 무방했다.

"그렇지만 이미 돈은 넘친단 말이지."

지난 몇 년간 그는 100억이 넘는 돈을 벌었다.

그러니 감옥에 갔다 온다고 해도 그 한의사는 떵떵거리면서 잘살 수 있다.

"도대체 왜 한의사들은 이걸 그냥 둔 거야?"

한의사들이 이걸 모를 리 없다.

벌써 인터넷에서 문제가 된 게 하루 이틀이 아니니까.

"그들은 일을 크게 만들고 싶어 하지 않으니까."

"응?"

"현대에 와서 한의학이 양학보다 밀리는 것은 사실이잖아."

성격이 급한 현대인들은 한의학처럼 천천히 효과를 보는 것보다는 빠르게 효과를 보는 양학을 더 선호한다.

"그런데 이런 일이 터진다고 해 봐."

"신용도가 급락하겠구나."

"그러니 고발하고 싶지만 고발하지 못한 거지."

"하지만 결국 터졌잖아?"

"결국 자초한 거지."

차라리 초반에 욕을 먹고 그를 몰아냈다면 이 지경까지 되지는 않았을 것이다.

그러나 그들은 방치했고, 일이 사정없이 커진 이후에 언론에서 물어뜯기 시작했으니 당연히 추락은 걷잡을 수 없는 수준이 되었다.

"이런 걸 호미로 막을 걸 가래로도 못 막는다고 하지."

"그런데 진짜 찝찝하다."

사건은 해결되었다.

하지만 그는 이미 어마어마한 돈을 벌었다. 그나마도 다해 봐야 잘해야 4년 정도 살고 나오면 된다고 한다.

"악이 승리한 꼴이잖아."

그래서 그런지 그는 미소를 지으면서 당당하게 끌려가고 있었다.

"아마 그곳에서 형기를 마치고 나오면 똑같은 짓을 하겠지."

"뭐? 왜? 그때는 이미 의사가 아니잖아?"

"건강 보조 식품은 의사가 아니더라도 팔 수 있어. 그리고 그가 한 행동은 기껏해야 건강 보조 식품을 판 거야."

"아."

즉, 그때는 의사도 아니니 의료법 위반 걱정을 하지 않고 대놓고 팔아도 된다는 뜻이다.

"이런 미친 새끼."

어이가 없다는 얼굴이 되는 손채림.

"사람의 탈을 쓰고 그러면 안 되는 거 아냐?"

"뭐, 신경이나 쓰겠어?"

"으으……."

"걱정하지 마. 아직 싸움 안 끝났어."

"안 끝났다니?"

"내가 왜 사이트에 있는 글들을 모조리 채증하라고 했는데."

"응?"

"그 녀석은 의사로서 돈을 벌려고 그랬지. 하지만 그게 자기 목줄을 죄는 함정이 될 거라는 건 생각도 못 했을걸."

⚖️

사이트 내에는 이런저런 후기들이 잔뜩 올라온다.

노형진은 경찰의 도움을 얻어서 해당 사이트 내부의 복구 자료를 살펴보기 시작했다. 그리고 자신이 노리는 것을 찾았다.

"역시나 있었어."

노형진은 삭제되었다가 복구된 내용을 보면서 아랫입술을

깨물었다.

예상은 했지만, 사실 마음 한편에서는 없기를 바랐다.

"이건?"

"사망자."

"사망자?"

"제대로 된 치료를 한 게 아닌데 죽은 아이가 없겠어?"

"아…….."

손채림은 아무런 말도 하지 못했다.

"내가 서치한 내용을 보면서 이상하게 느낀 게, 어디에나 있는 작은 불만조차도 없었다는 거야. 상식적으로 그런 조직은 없거든. 작은 불만도 없다? 인간은 그런 존재가 아니지."

그런데 약아키는 그런 글이 전혀 없었다. 효과가 좋다는 글만 가득했다.

"그렇다는 건 뭐겠어?"

"누군가 삭제했다는 뜻이구나."

"그래."

복구 자료들을 보고 있자니 절로 이가 빠득빠득 갈렸다.

"이걸 보면서 그랬단 말이야?"

삭제한다는 건 그 내용을 안다는 뜻이다.

그런데 이 내용을 보고서도 어떻게 지금까지 그렇게 똑같은 짓을 해 왔는지 이해가 안 될 지경이었다.

"죽으려면 혼자 죽지."

노형진은 그 삭제된 내역들을 보면서 씁쓸하게 말할 수밖에 없었다.

⚖️

"손해배상이 가능합니다. 원하시면 고발도 가능하고요."

"네?"

눈앞에 있는 여자들은 제정신이 아닌 듯 보였다.

퀭한 얼굴, 푸석해진 피부, 제대로 망가진 머리까지.

'개자식.'

노형진은 그녀를 보면서 약아키인지 약 빤 놈인지, 운영한 녀석을 용서할 수가 없었다.

"아이가 아직 살아 있는 분들은 치료비가 필요하실 겁니다. 그리고 그렇지 않은 분들은, 아이를 죽인 살인범을 잡고 싶지 않으신가요?"

서로가 얼굴을 바라보았다.

"여러분들이 어떤 일을 겪었는지 압니다. 그리고 그로 인해서 고통받고 있다는 것도 말입니다."

아이는 어른처럼 강하지 않다. 그래서 아프면 바로 병원에 데려가야 한다.

그러나 그들은 그 한의사를 믿고 아이를 병원에 데려가는 대신에 그가 하라는 대로 하고 그가 준 약만 먹었다.

그 결과, 운이 좋아서 버텨 낸 아이들도 있었지만 그렇지 않은 아이들도 적지 않았다.

약이라는 것이 없었던 조선 시대에 왜 백일잔치를 했겠는가?

약이 없으면 그만큼 아이들의 생존률이 떨어지기 때문이다.

'차라리 죽은 게 다행이라고 해야 하나.'

손채림은 그렇게 생각하면서 불쌍하다는 시선으로 엄마들을 바라보았다.

아이가 죽었다면 후회는 하고 살지언정 그녀의 고통은 끝이다.

자신이 애를 죽였다는 고통은 남겠지만.

'하지만……'

사람의 뇌는 열에 무척이나 약하다.

그래서 사람이 열이 오르면 병원에서 온갖 방법을 다 쓰고, 최악의 경우 얼음물 통에 던져 넣을 정도로 열을 낮추려고 노력한다.

열이 높아지면 뇌에 치명적인 문제가 발생한다. 그리고 여기 있는 사람들 중 60%가 그런 식이었다.

한의사가 한 말대로 병원을 가거나 해열제를 먹이는 대신에 관장을 선택한 사람들.

그로 인해서 아이들의 뇌에 치명적인 문제가 생긴 사람들.

그들은 자신들의 선택을 후회하면서 울부짖었지만 이미 아이들은 돌아올 수 없는 강을 건넜고, 그들이 믿고 따랐던 약아키는 그들의 항의를 삭제하고 강제로 탈퇴시키는 것으로 모든 책임에서 벗어나 버렸다.

그런데 신고가 가능하다니? 그건 몰랐던 말이었다.

"그는 의사입니다. 국민의 안전을 책임지고 의료를 책임질 의무가 있는 자이지요. 그런데 그는 잘못된 의료 지식을 전달했고, 그로 인해서 사망자를 발생시켰지요. 이 경우는 충분히 부작위에 의한 살인이 될 수 있습니다. 최소한 미필적고의에 의한 살인입니다."

"네? 그게 무슨 말씀이신지?"

"네, 살인도 여러 종류가 있거든요."

작위에 의한 살인은 말 그대로 직접적으로 죽이는 것을 뜻한다.

칼로 찌르거나 총으로 쏘거나 독약을 쓰거나 해서 직접적으로 상대방을 살인하는 행위.

과실치사는 실수로 사람을 죽였을 때다.

밀었는데 넘어지면서 머리를 부딪혀서 죽거나 하는 것이 과실치사에 들어간다.

업무상 과실치사는 해야 하는 업무를 제대로 하지 않아서 그로 인해서 사망 사고가 났을 때 적용된다.

대표적인 예가 삼풍백화점이다. 제대로 건물을 올려야 하는데 그러지 않아서 사망이 발생했으니까.

"하지만 부작위에 의한 살인은 뭔가를 해야 하는 의무와 권한을 가진 사람이 하지 않아서 생기는 겁니다."

그는 의사로서 국민을 질병으로부터 지켜야 의무가 있는 사람이다.

그런데 도리어 말도 안 되는 소리를 해서 사망에 이르게 했으니 그 책임을 질 수도 있다.

"아니면 미필적고의에 의한 살인이 될 수도 있습니다."

미필적고의에 의한 살인은, 그 상황에서 죽을 수도 있음을 알면서도 방치해서 죽도록 만든 행위를 뜻한다.

"그는 설마 경찰이 데이터를 복구시킬 거라 생각하지는 못했던 모양이더군요."

하지만 복구했고, 절대 병원에 가지 말라고 말리는 내용의 글도 확인했다.

"그는 의사입니다. 열이 오르면 어떤 상황이 오는지 모르지 않지요."

그럼에도 불구하고 그는 자신의 욕심을 위해서 절대로 명원에 가지 말라고 했고, 그 결과 아이가 사망했다.

그 후에는 관련 글을 지우고 해당 당사자를 강제 탈퇴시켜서 증거를 인멸했다.

"그러니 어느 쪽이든 성립될 겁니다. 만일 아이에게 장애가 남았다면 살인이 아니라 상해가 될 테고요."

"음……."

"여러분들의 선택입니다. 여기서 자신들 탓하면서 살 수도 있지요."

보통은 피해자에게 잘못이 없다고 이야기하는 노형진이지만 이번에는 그 말을 해 줄 수가 없었다.

아무리 포장을 잘해도 결국 선택한 것은 그들이니 그들에게도 잘못이 있는 것은 사실이다.

"하지만 마음의 짐은 덜 수가 있겠지요. 그리고 아이들에게는 치료비가 도움이 될 테고. 사실 장애가 남은 아이들에게 해 줄 수 있는 것은 그것뿐이니까요."

"……."

부모들의 죄책감을 후벼 파는 행동이었지만 노형진은 멈추지 않았다.

스스로 알아야 이제는 그런 실수를 하지 않을 테니까.

"고발장은 여기 있습니다. 선택은 여러분이 하시는 겁니다."

노형진은 고발장을 내밀었다.

부모들은 물끄러미 그걸 바라볼 뿐이었다.

⚖️

—총 서른한 건의 살인과 마흔 건의 과실치상 혐의로 체포된 A모 씨는 경찰에서…….

—한의사협회는 이번 사태에 관련하여 자연주의를 표방하는 곳에 대해서 주의를 당부했으며, 경찰은 자연주의라는 목적으로 아이들에

대한 가혹 행위가 이루어지고 있는지 수사에 들어가······.

뉴스를 보던 손채림은 그걸 신경질적으로 꺼 버렸다.

"저런다고 죽은 애들이 돌아오는 것도 아니고."

"최소한 더 죽는 애는 없겠지."

노형진은 씁쓸하게 말했다.

"난 이해가 안 간다. 그날 본 부모들, 제대로 배우고 대학까지 나온 사람들이 대부분이더만. 상식이라는 건 어디다 가져다 버리고······ 하아······."

"원래 인간이라는 게 그런 거야. 속이려고 들면 대학교수라도 속는 게 사람이야."

도리어 그런 식으로 더 많이 배운 사람들이 자신의 선택에 대한 확고한 신념을 가지고 있기 때문에 더 쉽고 간단하게 속아 넘어가고 그 생각을 고치지 않는다.

"그리고 유식한 것과 학벌이 좋은 건 좀 다른 이야기야."

최고 학벌이라고 할 수 있는 한국대를 나왔어도 바보일 수도 있고, 고등학교만 나왔다고 해도 지혜로울 수도 있다.

"학벌은 그가 국영수를 잘했다는 것 이상의 의미는 없어."

"여러모로 씁쓸하다."

"그게 현실이지."

그리고 인간이 아무리 발전해도 어쩔 수 없는 현실이었다.

짭새라는 이름의 인간

"마셔! 마셔! 마시고 죽자."

친구들과의 술자리는 언제나 즐겁다.

물론 노형진은 술을 좋아하지는 않지만 그러한 자유로운 분위기가 너무나 좋았다.

"그래, 마시고 죽자!"

"넌 사이다 들고 죽을 만큼 마셔 봤자 얼마나 마시겠니?"

"시끄러워. 너희들도 더러우면 사이다 먹든가."

"내가 더러워서 사이다 시켜야지. 이모님! 여기 사이다 하나 추가요!"

"참 병신이네. 지기 싫어서 이 금 같은 술을 두고 사이다를 마셔?"

"병신 중의 상병신이다."

킬킬거리면서 웃는 친구들.

다른 사람들이라면 이런 장난은 꿈도 꾸지 못하겠지만 친구들끼리는 이러한 장난이나 농담도 언제나 환영이었다.

"캬, 좋다."

그렇게 먹고 마시는 것은 좋았다.

그런데 그중 한 명이 이상할 정도로 과하게 술을 마시고 있었다.

"중식이 너, 너무 과음하는 거 아냐?"

나중에는 술이 술을 먹는 수준이 되어서 다들 걱정할 정도였다.

물론 그가 술을 좋아하는 것으로 유명하기는 하지만, 오늘은 좋아서 즐기는 게 아니라 거의 생사를 결하는 수준으로 마셔 대고 있었다.

"야, 야, 그만 마셔. 왜 그래?"

"하아."

김중식은 한숨을 쉬면서 다시 술잔에 손을 뻗었지만 다른 친구들이 그를 말리면서 술잔을 빼앗았다.

"너 왜 그래? 뭔 일 있나?"

"씨발, 더러워서 일을 그만두든가 해야지."

"얀마, 너 만화가 하겠다고 엄청나게 고생해서 데뷔했잖아? 이제야 먹고살 만하다면서?"

그는 잘나가는 만화가는 아니었지만 그래도 나름 팔려 주는 작가였다.

그래서 먹고살 만해진 편이라 최근에는 기분이 좋아 보였다.

"돈이 문제가 아니라, 내가 울화통이 터져서 돌아 버리겠다."

"울화통?"

"그래."

"무슨 일인데?"

"씨발, 망할, 뭐 같은 새끼들의 악플러들 때문에."

"악플러들?"

"그래."

그는 대형 사이트에 연재를 하고 있다고 했다.

그래서 적지 않게 벌고 있다고 들었는데, 악플러들이라니?

"무슨 일인데?"

"댓글을 보면 악플이 너무 심해서."

"그게 어디 한두 번이야?"

"우리나라 새끼들이 다 그렇잖아?"

남이 잘되는 꼴을 못 본다고나 할까?

그런 놈들이 있다.

그냥 합리적인 불만 표현이나 작품에 대한 의견이면 문제가 될 것도 없는데, 그런 작자들은 그런 식의 합리적 표현을 하지 않았다.

그냥 이유도 없이 온갖 패드립을 하면서 상대방을 모욕하고 명예를 훼손한다.

"미친 새끼들 많지."

노형진도 그런 사건을 몇 번이나 봤기 때문에 이해가 간다는 듯 고개를 끄덕거렸다.

"회사에서는 그냥 두라고 하지 않아?"

"그러라고 하지. 그런데 이 새끼들이 메일이랑 쪽지를 미친 듯이 보내니까 일을 못 하겠어. 차라리 댓글로 올리는 새끼들은 양반이야, 싯팔."

댓글은 안 보면 그만이다.

하지만 메일의 경우 업무 때문에, 또 외주를 받는 등의 일도 있기 때문에 지속적으로 확인을 하지 않을 수가 없는 게 현실이다.

그런데 자기 메일이나 쪽지로 욕설과 패드립을 하고 모욕을 한다는 것.

"심지어 내가 저작권 고소를 해서 50억 벌었단다. 허, 기가 막혀서. 말이 안 나온다."

"그랬냐?"

"씨발. 무슨 저작권 고소야. 인터넷에서 공짜로 보이는데 저작권이 어디 있어?"

"물론 저작권은 있지."

인터넷 사이트에서 무료 연재를 한다고 해서 저작권이 없는 것은 아니다.

다만 그 사용권을 기업에서 사고, 기업은 그걸 홍보 목적으로 공짜로 뿌릴 뿐이다.

하지만 어찌 되었건 공짜로 뿌려지는 상황에서 저작권을 가지고 상대방을 고소해 봐야 그다지 의미가 없다.

"그리고 씨발, 일주일에 한 편씩 연재하려면 얼마나 날 갈아 넣어야 하는지 아냐? 그런데 뭐? 고소? 은행에 갈 시간이나 있으면 좋겠다."

"하긴 네가 더럽게 바쁘기는 하지."

이번 모임도 네 번째 만에 나온 것이다.

3개월에 한 번 만나는 모임이니 무려 1년 만에 나왔다는 소리다.

"씨발, 내가 아주 돌아 버리겠다."

그가 다시 술잔을 잡으려고 하자 차마 다시 빼앗지 못하고 돌려주는 친구들.

노형진은 그걸 듣고 있다가 고개를 갸웃했다.

"경찰에 신고하지? 그거 명예훼손이랑 모욕죄 되는데."

"하려고 했지. 그런데 경찰에서 뭐라고 하는지 아냐? 씨발, 이건 해당 사항 없다고 고소도 못 한대."

"뭐?"

"이건 해당되지 않는다고 고소를 못 한다는 거야. 그래서 처벌도 못 한다잖아. 씨발, 그래서 돌아 버리겠다. 차라리 엿이라도 먹여 버리면 속이라도 시원하지."

저쪽은 때리는데 이쪽은 저항도 하지 못하는 상황이 되어 버린 것이다.

하지 말라고 해 봐야 저들은 승리감에 미쳐서 도리어 더 욕설을 해 댈 뿐.

"경찰이 그랬다고?"

"그래."

"아니, 왜?"

"왜라니. 경찰이 해당 안 된다고 하니 그러려니 하는 거지."

"일단 해당 안 된다는 건 말도 안 되는 개소리고, 그걸 왜 경찰이 판단하느냐고."

"뭐?"

"내가 변호사잖아."

"어…… 그랬지."

"넌 친구가 뭐 하는지도 모르냐?"

노형진은 이야기를 듣다 보니 어이가 없어졌다.

"경찰이 접수를 거부해?"

"응."

"아니, 왜?"

"그러니까. 히끅."

더 자세한 이야기를 듣고 싶었지만 김중식은 술을 과하게 먹은 탓인지 헤롱거리기 시작했다.

"야, 야. 이거 취했네."

보다 못한 친구들은 혀를 끌끌 차면서 고개를 절레절레 흔들었다.

"하긴, 나도 이해는 간다."

그런데 이번에는 다른 친구다.

"이해라니?"

"나도 비슷한 경험이 있거든. 전에 다니던 회사에서 어떤 미친년이 자기 스토커 짓 한다고 나 욕하고 다닌 거 알지?"

"그랬냐?"

"그래, 그런데 스토커 짓은 무슨 스토커 짓이야."

서로 잘 아는 사이도 아니었다. 업무상 전화번호를 알고 지내기는 하지만 한 달에 잘해 봐야 두 번 정도 연락하는 사이고, 그나마도 핸드폰이 아니라 회사 전화로 통화했다.

"그런데 연락한 적도 없는 사람을 스토커로 몰기에 기가 막혀서 경찰에 신고했지. 그런데 해당 사항 없다고 접수 안 해 주더라."

"안 해 줬다고?"

"그래."

노형진은 자신의 귀를 의심했다.

그건 있어서는 안 되는 일이다.

"그런 일이 자주 있나 봐?"

"왜? 또 정의감 발동하냐?"

"뭐, 그렇다고 해 두지."

과거 노형진이 담임을 감방으로 보내 버린 사건을 알고 있는 친구들이기 때문에 그가 질문하자 그러려니 하고 고개를 끄덕거렸다.

오지랖은 인생을 피곤하게 한다고 하지만, 그가 떠는 오지랖은 자신들에게 도움이 되니까.

"흔하지."

"흔해."

"응. 내 주변에 그런 식으로 사건 접수가 거부된 경우가 적지 않아."

"흠."

노형진은 그 말에 머리를 북북 긁었다. 금시초문이었기 때문이다

"왜 그게 문제야?"

"아주 큰 문제지."

"어떤 면에서?"

"경찰은 기본적으로 사건 접수에 관한 선택 권한이 없어."

"사건을 거부를 못 한다는 거야?"

"아니, 그건 아니야. 터무니없는 사건도 있으니까. 하지만 기본적으로 과정이 있지."

일단 사건이 들어오면 경찰은 접수 거부를 할 수가 없다.

일단 접수를 하고, 그 건에 대해서 간단한 판단을 한 후 그 사건이 조사 대상이라는 점이 확실하면 조사에 들어가고, 그

렇지 않은 경우 반려라고 해서 정식으로 사건이 반려되었음을 통지하게 되어 있는 거지, 사건 접수조차도 거부할 수는 없는 것이다.

"이상하네."

노형진은 고개를 갸웃했다.

"일단은 저 녀석은 술 좀 깨면 연락을 해 봐야겠다."

"네가 해 보게?"

"아무래도 이야기를 좀 들어 봐야겠어."

"음, 사건 접수 거부라…….."

송정한은 노형진의 질문에 고개를 끄덕거렸다.

"흔하기는 하지."

"그런가요?"

노형진은 아무래도 회귀 전에 미국에서 활동한 기간이 더 길어서 한국에서의 사소한 사건은 잘 모른다.

그런데 보아하니 이 사건 접수 거부가 생각보다 폭넓게 이루어지고 있는 모양이었다.

"원래는 그렇게 해서는 안 되는데, 경찰들도 일하기 싫거든. 일단 그런 건 인사고과도 작고 말이야. 그러니 그냥 접수 거부를 해 버리는 거지."

그런데 제법 오래된 현상인지, 송정한은 익히 안다는 듯 말을 꺼냈다.

"그런데 왜 우리들한테 안 오는 거죠?"

"일단 그런 사건들은 대부분 규모가 작아. 사실 변호사를 사기에는 무리가 있는 사건들이지."

변호사를 사려면 아무리 못해도 300만 원은 든다.

그런데 명예훼손이나 모욕 같은 건 그렇게 돈을 들여 봐야 실익이 없는 경우가 대부분이고, 민사까지 가려면 들어가는 돈이 받아 내는 돈보다 훨씬 더 많은 것이 사실이다.

그러니 접수가 거부당하면 대부분 그냥 포기하고 마는 것이다.

"저도 몰랐던 사실이네요."

"나도 우연하게 알게 되었다네."

어깨를 으쓱하는 송정한.

"짭새라고 불리는 게, 이유 없이 그렇게 불리는 게 아니라 니까."

"참 속 보이네요."

"그러게 말이야. 아주 그냥 대놓고 '나 일하기 싫습니다.'라는 티를 팍팍 내는 거지."

이야기를 들어 보니 그들이 쓰는 방식은 간단했다.

가장 많이 쓰는 것이 사건이 성립하지 않는다는 말이었다.

문제는, 경찰은 성립 여부를 판단할 수 없다는 것이다.

이것이 법이다

경찰의 주요 임무는 그 사건을 조사하고 검찰에 넘기는 것이다. 사건이 성립되는지 안 되는지를 판단하는 것은 검찰의 고유한 권한이다.

그런데 경찰은 사건을 조사하기도 전에 고소장만 보고 그냥 사건 성립 안 되니까 접수를 거부한다고 해 버리는 것이다.

"그렇다고 그게 수사를 할 수 없다는 건 아니잖습니까?"

"법에 대해서 아는 사람은 그렇지. 대부분은 모르잖나?"

"그건 그렇지요."

사람들은 고소한다고 생각하면 경찰만 생각한다.

하지만 그런 경우 검찰에 고소하면 된다.

검찰은 사건을 거부하지 않는다.

접수해서 검사를 배당하고, 검사는 그 사건을 해당 경찰서에 배당한다. 결국 돌고 돌아서 다시 그 자리로 가게 되는 것이다.

"하지만 80%는 그걸 모르니까 포기하게 되지."

"정말 대놓고 일하기 싫다 하는 거군요."

"나도 그게 문제라고 생각하네."

사람들이 다 알아서 검찰로 가면 그들은 거부할 이유가 없다. 결국 다시 돌아오게 되니까.

하지만 잘 모르는 사람은 검찰로 가지 않고 포기해 버리니, 자연스럽게 자신들이 일을 하지 않아도 되는 것이다.

"워낙 광범위하게 벌어지는 일이라 이건 답이 없네."

어깨를 으쓱하는 그였다.

"광범위하다고 한다면?"

"우리나라 경찰서 중에 이 짓거리 안 하는 곳이 없어."

"그 정도입니까?"

"나도 알고 나서 여기저기에 알아봤지."

그런데 그런 경찰들이 한두 명이 아니었다.

명예훼손이나 모욕같이 간단한 죄는 자기들이 알아서 걸러 버리고, 심지어 교통사고같이 큰 죄들까지 자기들이 걸러 내서 신고를 막아 버린다고 한다.

"내가 아는 사람도 교통사고를 당했지. 그런데 경찰이 접수를 거부했다더군."

"교통사고를요?"

"그래."

자전거를 타고 횡단보도를 건너다가 신호를 무시한 차량에 치여서 입원했다.

그래서 경찰에 신고했는데, 경찰은 자전거는 법률상 차에 들어가니 그걸 타고 횡단보도를 건넌 것은 현행법 위반이라 당신이 가해자가 된다면서 접수하지 말라고 했다는 것.

"미친 거 아닙니까? 이제는 자기가 법도 만들어 내는군요."

"그러니까. 심각한 문제이기는 하지."

물론 법적으로 자전거는 차량에 들어가기는 한다. 그리고 횡단보도를 건널 때에는 자전거에서 내려서 끌고 가는 것이

규칙이기는 하다.

하지만 그건 어디까지나 사건에 관련해서 과실 비율과 손해 비율에 관한 부분이지, 그가 자전거를 탔다는 이유로 가해자가 될 수는 없다.

똑같이 잘못했다고 해도 과연 어떤 사람의 잘못이 더 큰 것이냐를 따지는 것이 중요한데, 이 경우 명백하게 신호를 위반한 차량의 잘못이 더 크다.

그런데 자전거를 탔다고 가해자 취급이라니.

"이런 식이 워낙 흔하다네."

"매년 수만 명이 풀려나겠네요."

"그게 문제야."

명백하게 가해자가 존재하고 피해자도 존재함에도 불구하고, 경찰의 그러한 직무 유기로 인해서 피해자만 손해를 보고 가해자는 도리어 목소리를 높이게 되는 것이다.

"이런 명예훼손 관련 사건은 매년 늘어나고 있어. 일부에서는 명예훼손이나 모욕을 없애야 한다고 주장하기도 하지."

"우리나라에서는 아직 시기상조 같군요."

"그래."

전 세계에서 모욕죄 관련 규정을 두고 운영하는 나라는 몇 군데 안 된다. 그나마도 우리나라처럼 고소와 고발이 활발하게 진행되는 나라는 상당히 드물다.

일부 법조인들은 그 점을 기준으로 우리나라도 모욕죄와

명예훼손에 관련된 법을 없애야 한다고 주장하지만, 그건 하나만 알고 둘은 모르는 소리다.

"한국은 집단적 모욕이 상당히 심한데요."

"그래, 외국과 다르지."

기본적으로 외국은 옛날부터 명예에 대해서 높이 사 왔다. 그래서 명예를 더럽히면 결투라는 이름으로 목숨을 걸고 싸웠다.

그러한 문화 때문에 상대방에 대해서 모욕적인 행동을 하는 경우가 드물다.

"하지만 한국은 안 그런데요."

당장 자기와 정치적 의견이 다르다고 하면 빨갱이로 매도하는 것이 기본이요, 작은 의견 충돌 하나만 있어도 상대방을 천하의 개쌍놈으로 매도하는 것이 일상이다.

씹새끼니 개새끼니 하는 욕설은 일상까지 들어왔고, 아무것도 모르는 여학생들조차 '좆같다'와 같은 상스러운 욕설을 아무 생각 없이 쓰는 게 현실.

"아직 국민들의 의식이 그 정도까지 발달하지 못했는데요."

"그래. 특히 악플러 문제도 그래. 자네도 알지?"

"알죠. 안 그래도 유 회장님이 이 문제를 해결해야 한다고 하더군요."

라이벌전. 대항전.

연예인을 띄우기 위해서는 확실히 좋은 방법이기는 하다.

특히 단시간 내에 이름을 알리고 띄우기에 효과적인 방법이기는 한데, 필연적으로 상대방에게 일종의 적 같은 이미지가 남는다는 게 문제였다.

"시간이 지나면 흐려지기는 한다지만……."

대항전이 시작되자 상대방에 대해서 집단적 공격이 이루어지고 있다는 것이다.

물론 단순한 적대감이나 우리 쪽이 더 잘났다는 수준의 문제라면 문제가 안 된다.

"아무리 말려도 안 된다고 하더군요."

극단적 협박이나 모욕, 허위 사실 유포가 무서울 정도로 퍼지기 시작했다는 것.

원래 일진이었다는 말은 거의 모두에게 붙어 있고, 여자 같은 경우는 낙태를 했다는 헛소문, 남자의 경우는 강간범 출신이라는 말까지, 말도 안 되는 유언비어가 사방에 가득했다

"계획을 잘못했다고 생각하나?"

"아니요."

노형진은 고개를 흔들었다.

"세력을 빠르게 키우기 위해서는 어쩔 수 없는 선택이었습니다. 모두가 평화롭게 성장하는 계획은 없습니다."

"그래도 너무 심한 것 같던데. 자네 친구가 만화가라고 했지? 그쪽도 마찬가지인 것 같더군."

"그렇겠지요."

현대는 익명성의 시대다.

그렇다 보니 자신의 스트레스를 정당하게 푸는 게 아니라 분노로 엉뚱한 피해자에게 풀기 위해서 공격적이고 악의적인 모욕과 허위 사실 유포가 판을 치고 있었다.

"아무래도 대중에 알려진 사람들이 더 표적이 되기 쉽지요."

그걸 경찰에 고소해 봐야 접수도 안 해 준다.

"뭐, 소송까지는 해 보지 않겠지만 자네가 한번 해 보겠나?"

"제가요?"

"악의의 시대 아닌가?"

"악의의 시대라⋯⋯."

한국이 이런 시대가 된 이유는 간단하다.

스트레스를 푸는 것을 죄악시하는 문화 때문이다.

외국에서는 문제가 있다면 상담 치료를 받거나 스트레스를 풀기 위한 여러 가지 행동을 추천해 준다.

하지만 한국은 아니다.

상담 치료를 받으면 미친놈이라고 생각하고, 게임을 하면 게임 중독자라고 한다.

취미 생활은 돈도 없고 시간도 없어서 꿈도 꾸지 못하고, 허락된 것이라고는 술 마시는 것 정도뿐이다.

그러니 제대로 스트레스를 풀지 못하는 사람들이 어느 사이엔가 외부에 적대적으로 돌변하게 되는 것이다.

그런 사람들이, 평소에는 멀쩡하지만 인터넷에서 익명성

이라는 가면을 쓰는 순간 상대방의 가슴에 무차별적으로 칼을 꽂는다.

"전 만능이 아닙니다만."

"가해자를 처벌해 달라는 게 아닐세. 피해자가 더 생기는 걸 막아 달라는 거지."

"끄응……."

이러한 악플러나 모욕을 하는 작자들 때문에 매년 멀쩡한 사람들이 피해를 입고 자살하는 경우가 많다.

그들은 자기 스트레스가 풀렸다고 아무렇지도 않게 생각하고 자살한 사람을 도리어 욕하지만, 엄밀하게 말하면 죽으라고 등을 떠미는 행동이다.

"일단은 경찰에게 엿부터 좀 먹여야겠네요."

"경찰?"

"일 안 하려고 발악하는 버릇부터 좀 고쳐야 하지 않겠습니까?"

노형진은 친구를 위해서라도, 그리고 사례를 만들기 위해서라도 가장 먼저 경찰부터 때려잡아야 한다고 생각했다.

"뭐, 좋은 소리를 듣기는 힘들겠지만요."

"우리가 언제 좋은 소리 듣자고 이 일을 하고 있었는가? 허허허."

노형진의 말에 송정한은 허허 웃을 뿐이었다.

"그래서."

가장 먼저 한 것은 술이 깬 김중식에게서 사건 전반에 대해서 듣는 것이었다.

"가족들에게 전화해서 헛소리를 했다고?"

"그래."

"미친 거 아냐?"

듣고 보니 상황은 생각보다 심각했다.

단순히 댓글을 달거나 자신의 블로그에 와서 욕설을 한 정도를 넘어서, 집에까지 전화해서 온갖 욕설을 다 했다는 것.

"그걸 접수를 거부한다라……."

이 정도면 단순히 모욕의 단계를 넘어선 것이다. 그런데 경찰이 접수를 거부했다?

"일단은 다시 고소를 넣자."

"어떻게? 이미 거부당했다니까."

"검찰에 넣으면 돼."

"검찰?"

"응. 원래 법적으로 경찰은 검찰의 수사 지휘를 받게 되어 있거든. 그러니까 검찰에 넣으면 자연스럽게 경찰로 하달하도록 되어 있어. 그러면 수사를 안 할 수가 없지."

"음……."

사정을 들은 김중식은 문득 이상하다는 생각이 들었다.

"일하기 싫어한다는 건 알겠어. 그래서 접수 거부한 것도. 그런데 왜 검찰 건 거부를 못 하는 거야?"

"말 그대로 수사 지휘를 받는 입장이거든."

경찰에 고소한 사건은 검찰에 기록이 없다.

당연히 자신들이 수사를 안 하거나 거부해도 어떠한 처벌이나 징계도 없다. 기록이 없으니까.

물론 내부에 기록이 있기는 하지만, 그걸 가지고 인사고과가 강하게 매겨지지는 않는다.

"하지만 검찰에서 내려온 사건은 말 그래도 수사 지휘야. 위에서 하라고 한 거지. 그런데 그걸 안 하면? 당연히 인사고과에 영향이 있어. 실질적으로 검찰에서 아래에 내려보낼 때 무작정 시간을 주는 게 아니거든."

일반적으로 사건을 내려보낼 때 사건을 받은 경찰은 3주이내에 조사해서 다시 올려보내야 한다.

"접수하고 마냥 시간을 끄는 경찰 내부 고소와는 좀 다르지."

"아아."

결국 그러한 문제 때문에 검찰에 고소하는 것이 사건을 진행시키는 가장 확실한 방법인 것이다.

"그러면 경찰이 아니라 검찰에 고소해야 해?"

"아니. 그래도 이번에는 경찰로 갈 거야."

"응? 어째서?"

"그 짭새 면상 좀 보려고."

일하기 싫어서 피해자를 쫓아내는 경찰을 노형진은 그냥 둘 생각이 없었다.

"거참, 이 아저씨 진짜 무식하네. 이건 사건이 성립하지 않는다니까요."

노형진과 다시 경찰서에 갔을 때, 해당 경찰관은 적반하장으로 도리어 김중식에게 화를 냈다.

"하지만 이건 명백하게 명예훼손이 된다니까요. 집에 있는 가족에게까지 연락해서 욕설하고 거짓말까지 했는데, 지금 그걸 말이라고 합니까?"

"아, 글쎄, 모욕죄에는 공연성이 필요한데 이건 공연성이 없다니까요! 거참, 말 못 알아들으시네."

경찰은 짜증스럽게 말했다.

'진짜구나.'

노형진은 그 모습을 보면서 혀를 끌끌 찼다.

모욕죄나 명예훼손에 관한 죄의 경우 경찰이 자기 마음대로 접수를 거부한다는 말을 처음 들었을 때는 거짓인 줄 알았다.

물론 공연성이 없는 경우 처벌받지 않을 수도 있다.

그러나 그건 어디까지나 검찰의 판단에 맡겨야 하는 사항이다.

"되도 않는 거 가지고 귀찮게 하지 말고 가요."

정말 귀찮다는 듯 손을 휘휘 저어서 쫓아내려고 하는 경찰.

노형진은 보다 못해서 한마디 했다.

"그쪽이 제대로 법을 이해하지 못하신 것 같은데요."

"뭐라고요?"

"당신이 법 운운하면서 말하는 게 다 말이 안 되는 거 아닙니까?"

"당신이 뭔데?"

"같이 온 친구인데요."

"그래서 뭐 어쩌라고요? 당신이 나보다 더 잘 알아? 응? 내가 경찰만 20년이야! 20년!"

노형진은 고개를 끄덕거렸다.

20년. 길다면 길다. 그러나.

"그래도 당신보다는 잘 알 것 같은데요."

"뭐라고?"

"그렇지 않습니까? 일단 근거로 든 것 중 하나가, 공연성이 없다는 거죠?"

"그래! 공연성이 있어야 처벌한다는 거 몰라?"

"공연성이 뭡니까?"

"뭐?"

"그 명확한 개념을 알고 계시는지 궁금해서요. 설마 공연성이 공연장을 잡고 사람들 앞에서 '저놈은 개새끼다!'라고 외쳐야 성립된다고 보시는 건 아니죠?"

경찰은 약간 당황한 눈치가 되었다.

'내 이럴 줄 알았다.'

일하기 귀찮아서 대충 핑계를 대면서 쫓아내려고 하는 인간이 법률 용어에 대해 정확히 개념을 잡고 있을 리 없었다.

그러니 공연성이 없다 어쩌고저쩌고하는 건 결국 헛소리에 지나지 않았다.

"공연성이라는 것은 제삼자에게 퍼질 가능성을 뜻합니다. 전파 가능성이라고도 하죠."

"그래서?"

"만일 당신과 내가 나랏님을 욕했다 치죠. 그걸 둘이서 욕하고 누구에게도 말하지 않으면 모욕죄는 성립하지 않습니다. 하지만 둘 중 하나가 외부에 공개했다면 그때는 성립되는 거죠."

"그래서 이건 해당이 안 된다니까!"

끝까지 우기는 경찰.

노형진은 그런 그에게 확실하게 못을 박았다.

"이 가해자는 집에 전화해서 욕했습니다. 그러니 그 부분은 공연성이 인정되지 않을 수도 있겠네요. 가족들이 욕을 외부에 옮기지는 않을 것 같으니까. 하지만 그 사람이 피해자의 블로그와 만화에 댓글로 지난 몇 달간 계속 욕설을 남긴 건요? 불특정 다수의 사람들이 그 댓글을 볼 수 있었고, 충분히 공연성이 성립됩니다만?"

가령 누군가 일대일 메신저로 소위 뒷담화라는 걸 까다가 당사자가 우연히 그걸 발견해서 고소한 경우, 그건 모욕죄가 성립될 수 있느냐 없느냐의 문제가 있다.

일대일 대화를 한 사람들 중 누군가 외부에 공개한 것이 아니라 우연히 발견한 것이기 때문이다.

하지만 이 경우는 그런 경우와 사례가 다르다.

명백하게 가해자는 댓글을 써서 다른 사람들이 볼 수 있게 했으니까.

"가족들에게 한 건 뭐, 판단에 따라서 달라질 수 있겠지요. 하지만 댓글에 관한 건 공연성이 확실하게 성립됩니다만?"

"하지만 판례가……."

"판례라는 것은 사건마다 다릅니다. 그리고 법리적으로 강제력이 있는 판례는 대법원 판례뿐인데요. 당신이 아는 판례는 어디 판례인데요?"

노형진이 바른말을 하자 경찰은 점점 짜증 나는 표정이 되었다.

"내가 아까 공연성이라고 했나? 말 잘못했어. 특정성이야, 특성정. 여기 보면 이름이 안 나오고 그냥 필명만 나오잖아? 그러니까 특정성이 인정이 안 된다니까."

이제는 아까와는 다른 말을 하는 경찰.

노형진은 비웃음을 날렸다.

"특정성요?"

"그래. 그 사람이 언급한 건 그림장수라는 이름뿐인데, 당신 이름이 그림장수야? 그림장수냐고."

김중식은 그림장수라는 닉네임으로 활동하고 있다. 그리고 우리나라에서는 상대방이 특정되지 않으면 모욕죄로 보지 않는다.

그러니까 일견 맞는 말처럼 보이지만…….

"그래요?"

노형진은 피식 웃으면서 자신의 핸드폰을 들었다. 그리고 '그림장수'라는 이름을 검색했다.

그리고 거기에 나타난 것을 경찰에게 들이밀었다.

"뭐야?"

"뭐가 보이십니까?"

"뭐?"

"뭐가 보이시냐고요."

"그거야…….."

"보다시피 '그림장수'로 검색했습니다. 그런데 뭐가 나타나지요?"

거기에 나타난 것은 김중식과 관련된 뉴스들이었다.

언론사와의 인터뷰 내용이나 작품에 대한 서평 등등.

"보다시피 그림장수라는 닉을 검색하면 김중식이라는 이름이 자동으로 뜹니다. 무슨 복잡한 과정을 거친 것도 아니에요. 그냥 인터넷에 그림장수라는 닉네임만 검색한 결과가 이겁니다."

"그래서 뭐 어쩌라고?"

"특정이라는 게 이름과 사람의 정확한 주소를 알아야 할 필요는 없지요. 하지만 그 사람의 닉네임이든 필명이든 그걸 검색해서, 일반적인 사람이 그 사람이 누군지 알 수 있을 정도의 정보만 나온다면 그건 모욕죄가 성립됩니다."

"크윽."

노형진이 따박따박 반박하자 형사는 화가 치미는지 얼굴이 벌게졌다.

"아, 몰라. 난 바빠서 이딴 사건 못 하니까 다른 데 가 봐."

결국 논리적으로 밀리자 조사하지 않겠다고 못을 박아 버리는 경찰.

"그래요?"

그런데 다시 반박할 거라 생각한 노형진이 조용히 물러나자 김중식은 어리둥절했다.

"야? 사건은?"

"그냥 따라와."

노형진는 씩 웃으면서 나왔다.

따라 나온 김중식은 그에게 물었다.

"바로 검찰로 가려고?"

"아니. 내가 왜 거부할 거 알면서 경찰서 왔겠니?"

"응?"

"제대로 엿을 먹이려고 온 거야."

노형진은 그곳에서 나와서 바로 위로 올라갔다.

거기에 붙어 있는 명판에는 '청문 감사관실'이라고 쓰여 있었다.

"헐?"

"청문 감사관들은 말 그대로 감시를 하는 사람들이지. 뭐, 도긴개긴이고, 같은 경찰서에서 일하다 보니 진짜로 감시하는 경우는 드물지만 말이야."

하지만 감시하는 것과 고발이 들어가는 경우는 다르다.

감시야 자기들이 봐줄 수 있지만 고발은 봐주고 싶어도 봐줄 수 있는 일이 아니니까.

"자, 감사관들이 뭐라고 하는지 들어 볼까?"

노형진은 안으로 들어갔다.

자초지종을 들은 감사관들은 약간은 당황하면서도 경찰의 편을 들어 줬다.

"바빠서 그럴 수도 있지요."

"아무리 바빠도 그러면 안 되죠. 대놓고 사건을 거부하다니요."

"음…… 저희가 가서 한번 말해 보겠습니다."

이것이 법이다

엄밀하게 말하면 접수되면 그에 대한 감사가 시작되어야 한다.

그러나 그들은 별일 아니라고 생각하는지, 같이 가서 말을 해 보자는 식으로 이야기를 꺼냈다.

'제대로 썩었군.'

감시하고 감사해야 하는 집단조차도 썩어서 무능한 경찰의 편을 들어 주는 것을 보면서 노형진은 혀를 끌끌 찼다.

하지만 노리는 바가 있기 때문에 그를 데리고 아래로 내려갔다.

감사관과 같이 내려온 노형진과 김중식을 본 그 경찰은 반성이나 사죄를 하는 것이 아니라 화를 내기 시작했다.

"이 새끼들이 미쳤나? 여기가 어디라고 깝쳐! 여기 경찰서야, 경찰서!"

"어이, 박 형사."

"아니, 형님! 지금 열 안 받게 생겼습니까? 뭐 같지도 않은 사건을 가지고 와서 사람을 귀찮게 하잖아요!"

"박 형사, 그래도 사건은 접수해야지."

"아, 시팔. 안 해요! 못 해요!"

박 형사라고 불린 경찰은 노형진과 김중식에게 삿대질을 하면서 버럭버럭 화를 냈다.

노형진은 그런 그에게 미리 준비한 소장을 내밀었다.

"감사관이 접수하라는데, 하시죠."

"안 해! 씨팔! 이딴 걸 언제 다 해!"

결국 본심을 드러내는 박 형사.

'그럴 줄 알았다.'

이런 사건들은 들어가는 시간에 비해서 그다지 처벌이 강하지 않다.

이를 반대로 말하면 인사고과가 큰 건 아니라는 뜻이다.

시간 대 인사고과가 짠 편이니 경찰들의 입장에서는 조사하기 싫은 것이 당연했다.

물론 그런 식으로 일하면 대부분의 사건을 조사할 수 없다는 게 함정이지만 말이다.

"접수 안 하실 겁니까, 진짜로? 그걸 판단할 권한이 있으신가요?"

노형진이 소장을 들이밀자 그걸 낚아챈 박 형사는 다시 노형진의 얼굴로 확 뿌렸다.

"꺼져! 그래, 내가 판단한다! 내가 판단한다고! 네가 어쩔 건데? 경찰이 사건이 아니라고 하면 사건이 아닌 거야!"

"헉!"

날아온 종이에 맞은 노형진은 그대로 얼어붙었고 김중식은 깜짝 놀랐으며 감사관은 곤란한 얼굴이 되었다.

"박 형사, 진정해. 아무래도 오늘은 아닌 것 같으니 나중에 오심이……."

끝까지 박 형사의 편을 들어 주는 감사관.

노형진은 바닥에 떨어진 소장을 들어서 탁탁 먼지를 털어냈다.

"아무래도 이 사건은 경찰이 아니라 검찰로 넣어야겠군요."

박 형사와 감사관의 얼굴이 찡그러졌다. 설마 검찰에 넣을 수 있다는 사실도 알고 있을 줄은 몰랐던 것이다.

하지만 그가 모르는 것이 하나 더 있었다.

"그럼 폭행에 관한 건도 검찰에 넣어야겠네요."

"폭행?"

"방금 보셨잖습니까, 종이를 던져서 제가 얼굴에 맞는 거. 그거 명백하게 폭행입니다."

"고작 종이에 맞은 거 가지고!"

"고작이 아니죠, 당신이 들고 있는 게 칼이었다면 난 죽었을 테니."

"이 새끼가 증말! 그런다고 검찰이 눈이나 깜짝할 것 같아?"

"하겠지요."

"뭐?"

"변호사가 폭행당했다는데 검사가 그냥 둘 것 같지는 않은데요?"

"변호사라고?"

"네. 전 변호사거든요."

"아까 친구라고……."

"친구라는 단어는 사회관계에 관련된 친밀감을 표현하는

단어이지, 직업을 지칭하는 단어는 아닌데요?"

노형진은 씩 웃었다.

"사건 접수를 거부하셨으니 업무상 배임. 거기에 종이를 던져서 절 맞히셨으니 폭행, 그리고 접수 거부와 관련해서 그 권한이 있다고 하셨지요? 그러면 월권행위에 들어갑니다."

"그, 그게……."

"워, 월권이라니……요?"

변호사라는 말에 얼굴이 사색이 되는 경찰들.

"아까 그러셨잖아요, 사건을 선별해서 받을 자격이 있다고. 하지만 경찰에는 그럴 권한이 없는데요?"

경찰은 사건을 수사해서 그게 사건으로서 가치가 없다고 판단되면 기각하겠다며 송치하면 되는 것이다.

즉, 경찰에 사건을 판단할 법적인 능력은 인정되지 않는다.

"그런데 당신은 월권으로 사전에 사건을 판단해서 선별적으로 받아들였습니다. 그 과정이 왜 그렇게 되었는지는 감사를 해 보면 알겠지요, 뇌물이 들어갔는지, 아니면 무능해서 그런 건지."

"가, 감사……."

"걱정 마세요, 친구분도 같이 받으실 테니. 이런 걸 단속하라고 있는 게 감찰 부서인데 구경만 하는 것도 모자라서 편까지 들어 주셨으니, 같이 감사받으셔야지요."

그곳에 있던 경찰들의 얼굴이 사색이 되었다.

이것이 법이다

감사가 시작되면 저 둘만으로 끝나지 않을 거라는 것을 다들 알고 있기 때문이다.

"증거가 어디 있어!"

박 형사는 애써 항변하려고 했다.

하지만 노형진이 손가락을 위로 올리자 주저앉고 말았다.

"경찰서에는 카메라가 많지요. 안 그런가요?"

"그, 그런데……?"

"그리고 요즘 핸드폰은 녹음 기능이 좋아서 말이지요."

"서, 설마……?"

노형진은 씩 웃으면서 자신의 핸드폰을 꺼내 들었다.

그리고 버튼을 누르자 그동안 이루어진 대화가 적나라하게 흘러나왔다.

"아, 혹시나 이거 불법 아니냐고 하실까 봐 미리 말씀드리는데……."

노형진은 박 형사를 지그시 노려보았다.

항변해 볼 테면 어디 한번 해 보라는 뜻이었다.

"당사자가 녹음하는 건 불법 아닙니다. 여기서 당사자는 사건 당사자가 아니라 대화 당사자를 뜻하지요."

아까부터 고소하러 온 김중식은 정작 별말이 없는데 노형진만 계속 말했던 것이 기억나는 사람들.

즉, 대화 자체가 노형진을 위주로 이루어졌다는 것인데, 그 말은 이 녹음 파일이 충분한 증거능력을 가지고 있다는 뜻이 된다.

"으으……."

"아, 참고로 이거 언론에 나갈 겁니다."

"어, 언론?"

"네, 경찰이 이런 식으로 대응하면 어떻게 해야 하는지에 대해 알려 주기 위해, 언론에 공개할 겁니다."

"으으으……."

단순히 감사받는 게 문제가 아니다.

안 그래도 경찰의 사법권 독립 문제로 그토록 자주 싸우는데 이게 새어 나가면 사법권 독립은 불가능해진다.

"위에서 참 좋아하실 거예요."

"안 돼요! 안 됩니다! 한 번만 봐주세요!"

상황이 뭐 같아졌다는 것을 안 그들은 서둘러 매달렸지만 노형진은 그들을 뿌리치고 걸음을 돌렸다.

"검찰청까지 가려면 바빠서 이만."

노형진은 히죽 웃으면서 그곳을 나왔다.

경찰들은 쫓아 나와서 붙잡으려고 했다. 그러나 노형진은 그들의 손을 확실하게 쳐 냈다.

"만일 여기서 다시 한 번 잡으면 감금이랑 증거인멸 시도까지 추가합니다."

"으으……."

졸지에 갑이 된 노형진은 그들의 시선을 받으면서 그곳을 떠났다.

김중식은 지금 상황이 이해가 가지 않았다.

"도대체 어떻게 한 거야? 난 전혀 모르겠는데?"

"간단해. 자신들의 주제를 알게 해 준 것이지."

"주제?"

"그래. 엄밀하게 말하면 저들에게는 사건 접수의 거부권이 없거든."

경찰은 사건을 선택할 자격이 없다.

사건이 들어오면 조사하고 그걸 검찰에 기소 의견 송치, 또는 각하 의견 송치로 보내면 그만이다.

그런데 자기들이 맨 처음에 받는다는 이유 하나만으로 자기들이 권력자인 것처럼 목소리를 높이면서 마치 판사처럼 군림했던 것.

"우리나라는 왕을 모시는 자가 자기가 왕이 되는 줄 알지."

경찰도 마찬가지다.

검찰에 모든 판단을 맡겨야 하는데 그걸 자기들의 권한인 것처럼 판단하고 예단해서 자기들이 귀찮으면 사건 자체를 접수받지 않는다.

그렇다 보니 억울한 피해자들은 어디 가서 하소연도 하지 못한다.

"하긴. 나도 이번에 생각이 좀 바뀌었다. 전에는 기소권을 경찰이 가져야 한다고 생각했는데, 아직은 아닌 것 같아."

"뭐, 검찰도 깨끗한 집단은 아니지만 경찰은 더 답이 없거든."

최소한 검찰은 사건이 들어오면 접수는 해 준다.

그 이후에 뇌물이나 청탁에 따라서 결론이 바뀔 수도 있지만, 경찰처럼 사건 자체를 접수 거부하고 수사 자체를 하지 않으려고 들지는 않는다.

"그렇게 되면 문제가 심각해질 거야."

지금도 숱하게 뇌물을 받는 게 경찰인데 만일 기소권까지 가지게 된다면 사건을 접수시키기 위해서 뇌물을 써야 하는 상황이 될지도 모른다.

"가장 좋은 건 일부 기소권을 가지고 가는 거야."

"일부 기소권? 그건 뭐야?"

"특정 집단에 대한 기소권이지."

"하아?"

"경찰과 검찰이 의외로 사이가 안 좋은 거 알아?"

"응?"

그건 예상하지 못한 말이었기 때문에 김중식은 어리둥절했다.

"사이가 안 좋아?"

"그래, 아주 안 좋아."

경찰 입장에서는 검찰이 자기네 기소권을 가지고 간 나쁜 놈들로 보인다.

자기들이 아무리 노력해도 가지지 못하는 권력, 그걸 가지고 싶은데 그걸 가지려면 검찰부터 꺾어야 하기 때문이다.

"검찰과 법원은 같은 사법연수원 출신이라는 동질감이라도 있지. 하지만 경찰과는 전혀 다르거든."

"허?"

"그래서 사이가 안 좋아. 그래서 가장 좋은 방법은 경찰이 검찰과 법원에 대한 기소권을 가지는 거야."

사이가 좋지 않으니 작은 건수 하나만 잡아도 어떻게 해서든 처벌을 하려고 달려들 것이다. 그러면 자연스럽게 견제가 이루어질 것이고.

"현재 검찰과 법원이 독주하는 것은 사실이니까."

"좋은 생각이네."

"이루어질 수 없는 꿈이지."

노형진은 씁쓸하게 말했다.

경찰은 그런 건 원하지 않는다.

권력은 힘이다. 그리고 힘은 곧 돈이다.

그래서 자본주의국가에서 권력은 돈을 추구한다.

하지만 기소권을 갖기는 하되 그 대상이 오직 검찰과 법원에만 국한된다면, 그건 돈이 되지 않는 권력이다. 그러니 그걸 입법하려고 하지도 않는다.

반대로 검찰과 법원의 입장에서는 자신들이 지금까지 누려 온 권력을 잃어버리게 되는 일이다.

뇌물을 받으면 경찰이 이를 드러낼 게 뻔하다.

자신은 받지 못할 게 뻔하니 그걸 봐줄 리 없고, 그러니 검찰과 법원은 인맥을 통해서 어떻게 해서든 막으려고 할 것이다.

'애초에 충원이나 제대로 하면 몰라.'

판사들은 언제나 사람이 부족하다, 일이 너무 많다 하고 투덜거린다. 그리고 업무 부담을 줄여야 한다고 주장한다.

업무 부담을 줄이는 가장 좋은 방법은 신입을 뽑는 것이다. 그런데 정작 판사의 수를 늘리는 것은 반대한다.

수가 늘어난다는 것. 그건 권력을 나눠 가진다는 뜻이기 때문이다.

"뭐, 이런 거 떠들어 봤자 의미는 없지. 대부분의 사람들에게는 당장 해결해야 하는 문제가 있으니까."

"끄응…… 그건 그렇지. 이 망할 새끼들을 어떻게 해야 할지 모르겠다. 너, 다른 사람 사건도 해야 한다면서? 단위가 달라질 텐데?"

"뭐, 그건 이제부터 해 봐야지."

노형진은 고소해야 하는 단위를 생각하고는 한숨부터 내쉬었다.

관심 종자

"몇 명?"

손채림은 귀를 의심했다.

지금까지 여러 사건이 있었다. 하지만 지금처럼 당사자가 많은 사건은 없었다.

"어…… 대략 1만 8천 명."

"너 혹시 전 국민이랑 소송하기 같은 거 하는 거 아니지?"

"아니야."

"그런데 어떻게 그런 숫자가 나와?"

"말도 마라. 이건 답이 없다. 뭐, 중복을 빼면 더 줄겠지만."

"중복?"

"닉만 다른 사람들."

"아."

노형진이 이 문제를 해결하자고 하자 사방에서는 안 그래도 골치 아픈 문제였기 때문에 그동안 쌓인 기록을 바리바리 가지고 왔다.

"그나마도 단순 불만이나 의견 표현은 뺀 거야."

"단순 불만이나 의견 표현을 뺀 거라고?"

"그래."

연예인의 경우 연기를 못한다고 한다거나 노래를 못한다고 하는 식의 불만은 당연히 있을 수 있기 때문에 그런 건 아예 빼 버렸다.

그리고 그보다 좀 더 나아간 '뭐 같다' 같은 표현도 뺐다.

'미친년 같다.'나 '병신 같다.'와 같은 말들 말이다.

"그러면?"

"여기에 있는 놈들은 최소가 패드립부터 시작이다."

"패드립?"

이해하지 못한 손채림은 두 눈으로 보는 게 확실하다고 생각해서 제출된 서류 중 하나를 빼서 읽었다.

그리고 눈을 의심했다.

"이걸 한 명이 다 한 거라고?"

"그래."

거기에는 너희 부모는 갈보라는 둥 창년의 자식이라는 둥 다리를 벌려서 성공하니 좋냐는 둥의 모욕이 가득했다.

"음…… 미친놈이네."

"더 미친 게 뭔지 알아?"

"응?"

"그거 당사자가 남자다."

"당사자라니, 모욕한 놈?"

"아니, 피해자."

손채림은 말문이 막혔다.

다리를 벌렸네 어쩌네 하기에 피해자가 여자라 생각했다. 그런데 남자라니?

"설마 이 사람, 남창이라고 떠들고 다니는 거야?"

"응."

"이런 미친."

그냥 노래를 부르고 싶어서, 연예인이 되고 싶어서 노력한 것뿐이다.

그런데 남창이라는 터무니없는 헛소문을 듣고 있으니 억울하지 않을 리 없다.

"문제는 이게 끝이 아니라는 거야."

악플러는 그냥 장난삼아서 한 것일지도 모르지만 인터넷이라는 공간에서 저지른 일은 단순히 장난으로 끝나는 것이 아니다.

인터넷에서 뭔가를 지우기 위해서는 어마어마한 노력이 필요하고, 그렇게 한다고 해서 완전하게 지워지는 것도 아니다.

하나라도 남으면 기하급수적으로 다시 늘어나는 세균 같은 것이라 그냥 둘 수도 없다.

사실이 아니라고 해도 그런 글이 있다는 것만으로 실제로 그럴 거라고 믿는 사람들은 존재하기 때문이다.

"아니 땐 굴뚝에 연기 날까라는 말이 있잖아? 그런데 이런 건 실제로 아니 땐 굴뚝에 연기가 나지."

"헐."

당연히 피해자는 남창 노릇을 한 적이 없다.

그러나 인터넷에서 그걸 본 사람들은 하고도 모른 척한다고 생각할 것이다.

"악플러들을 어떻게 처리하지? 그냥 명예훼손과 모욕으로 다 고소해? 개인적으로 사정이 있는 거 아니야?"

"사정? 무슨 사정? 다른 범죄라면 사정이 있을 수 있지. 배고파서 라면을 훔치거나 아이를 먹이기 위해서 분유를 훔치거나 하는 거라면 이해해. 하지만 얼굴도 본 적 없는 사람에게 온갖 욕설과 말도 안 되는 소리를 하는 것은 어떻게 이해를 해야 해?"

"네가 말했잖아, 개인적으로 스트레스를 받아서 그런다고."

"개인적 스트레스는 확실히 문제야. 그리고 우리나라가 해결해야 하는 문제이기도 하지. 그러나 그것 때문에 죄가 용납되어서는 안 돼. 가령 누군가 스트레스를 버티지 못하고 운전 중인 운전기사를 칼로 찔렀어. 그래서 교통사고가 나서 사람이 죽었다면? 그는 스트레스 상태였으니 봐줘야 해?"

"그건 아니지."

"마찬가지야."

자신이 스트레스를 받으면 스트레스를 풀 다른 방법을 찾아야 한다.

그런데 그건 생각하지도 않고 있다가 엉뚱한 곳에 풀면 그건 범죄다.

"그렇게 사람을 죽이고 싶을 정도라면 차라리 스트레스를 받게 하는 행동을 그만두든가."

"하긴 그러네."

사람을 칼로 찌르면 어차피 회사에서는 잘린다.

가족이 문제라면 차라리 가족에게 대놓고 싫은 소리를 하면 된다.

그런데 그러지 못하는 것이다.

"스트레스는 이해하지만, 그렇다고 해서 모든 것이 용납되는 건 아니야."

"흠……."

손채림은 머리를 벅벅 긁었다.

"그럼 고소나 고발로 해결해야 하는 거야?"

"애석하게도 그게 성공한 사례는 단 한 번도 없어."

"그렇지?"

많은 사람들, 특히 연예인들은 이러한 악플러나 범죄자의 표적이 많이 된다.

가장 흔하게 보이고, 자신들을 처벌할 정도의 권력은 없기 때문이다.

그리고 언론이라는 방패가 자신들을 보호한다고 생각하기 때문이다.

"연예인들이 악플러들에게 적극적으로 대처하기 시작한 것은 얼마 되지 않았어. 과거에는 거의 반강제적으로 선처하는 분위기였지."

온갖 거짓말로 상대방을 모욕해도 대한민국의 연예인들은 그들이 팬이라는 이유로 오랫동안 참아야 했다.

결국 너무 심하다 싶으면 고소하기는 했지만, 처벌하는 것은 사실상 불가능했다.

"모욕죄나 명예훼손은 친고죄이자 반의사불벌죄거든."

당사자가 처벌을 원하지 않으면 처벌을 하지 못하는 것이다.

그리고 연예인들은 그렇게 자신에게 패악질을 하던 녀석을 잡아도 선처해야 한다는 분위기 때문에 대부분의 경우 훈계 정도에서 끝내지, 제대로 처벌한 경우가 드물다.

"하긴 그러네."

손채림도 이해가 간다는 듯 고개를 끄덕거렸다.

가끔 그런 뉴스가 나오면 결국 '선처'라는 단어로 끝나는 것이 보통이었다.

"선처하지 않는다고 해도 문제야. 이러한 모욕죄나 명예훼손죄는 처벌이 약하거든."

결국 기껏해야 벌금 또는 집행유예 정도다.

아주 가끔 실형이 나오는 경우도 있지만, 그건 어디까지나 정치적인 상황이나 상대방이 정치적으로 강력한 힘을 가지고 있을 때의 이야기지, 대부분의 경우 처벌은 이루어지지 않는다.

"처벌 자체가 그다지 강하지 않은 데다가 그게 언론에 나가는 경우는 없으니까."

"그런가?"

"너 명예훼손으로 고발당한 녀석이 처벌을 받았다는 뉴스 본 적 있어?"

"없는 것 같아."

"그래. 그러니까 두려움이 안 생기는 거야."

악플러들도 한두 번 해 본 게 아니다. 조금만 인터넷을 찾아보면 악플러 관련 처벌이 약한 것을 알 수 있다.

거기에다 언론에는 그들의 처벌이 기사화되는 경우가 없다.

그 판결이 나올 때쯤이면 이미 그 사건은 소위 말하는 떡밥으로서는 그 가치가 오래되어 상실된 상태이기 때문이다.

"그리고 다른 이유도 있지."

"다른 이유?"

"전에 말했잖아, 명예훼손이나 모욕은 전 세계적으로 처벌하는 나라가 많지 않다고."

애초에 그런 죄목이 생긴 이유가 명예를 이유로 너도나도 결투를 해 대자 그걸 막고자 생긴 것이다.

시대가 발전하고 인류의 생각도 바뀌면서 그걸 형사적으로 처벌하기보다는 민사로 해결하는 분위기로 흘러가고 있었다.

"당장 우리나라도 그건 마찬가지거든."

형사로 처벌하기보다는 민사로 손해배상을 받아라, 그러한 분위기 때문에 형사적 고발이 들어가도 강한 형량을 내리지 않는 것이다.

"거기에다가 당연스러운 선처가 거의 의무화되어 있는 상황이라."

"그러면 어쩌지?"

"가장 먼저 해야 할 건, 선처를 빙자한 요구를 차단해야지."

맨날 잘못했다고 하면 뭐 하나, 그 이후에 바뀌는 것이 없는데.

설사 그 후에 그가 정말로 더 이상 하지 않는다고 해도 다른 사람이 모욕을 하는 경우도 많다.

"심지어 가해자가 다른 피해자를 찾아가는 경우도 많지."

사건은 기본적으로 일대일이다.

이게 무슨 뜻이냐면, 언론에 나가거나 하지 않는 이상 당사자 간의 소송이라는 뜻이다.

만일 가해자가 A라는 연예인을 모욕했다가 선처를 받은

후 B나 C에게 찾아가 똑같은 짓거리를 한다고 해도, 그들은 처음이라 생각하고 선처해 준다는 것이다.

"취하된 것은 전과로 남지 않으니까."

그러니 상대방이 알 수가 없다는 점을 악용하는 것이다.

"그럼 어쩌지?"

"전 세계적인 추세에 따라가야지."

"전 세계적인 추세?"

"그래, 민사."

"그게 될까? 좀 그렇잖아. 연예인이 가해자에게 민사를 건다는 것은 그만큼 부담스러운 일이야. 형사도 제대로 못해서 취하하는 거 못 봤어?"

"알아. 그러니까 그 녀석들을 이용해야지."

"이용이라고 하면?"

"대부분 이런 악플러들이 원하는 게 뭔지 알아?"

"뭔데?"

"관심."

노형진은 그렇게 말하면서 씩 웃었다.

"관심을 원하면 관심을 줘야지."

⚖️

수찬성은 얼마 전 기자들에게 받은 쪽지를 보고 어떻게 해야 하나 고민에 빠졌다.

"어쩌지, 씨발?"

그는 자신과 동일한 이름을 가진 배우에 대해서 악플을 달았다.

이유가 따로 있는 것은 아니다.

그냥 자기는 삶이 힘들어서 지치는 데 반해 그는 잘나가는 연예인이 되어서 수많은 여자들의 환호성을 받고 있기 때문이다.

그래서 악플을 달았는데…….

"씨발…….."

그는 머리를 부여잡았다.

기자가 보낸 메일이 머릿속에서 계속 맴돌았다.

새벽일보의 박환우 기자입니다.

귀하가 말씀하신 남자 배우 수찬성의 남창 혐의에 대해서 자세한 이야기를 듣고 싶습니다.

해당 제보로 국민의 알 권리를 지켜 주십시오. 신문사에서는 해당 사건을 조사 중입니다.

쉽게 말해서 자신을 취재하고 싶다는 뜻이다.

문제는, 그가 한 말이 다 거짓말이라는 것이다.

애초에 연예인 수찬성이 남창을 한다는 증거는커녕 그와 일면식도 없다. 심지어 어떠한 접점도 없다.

단순한 질투로 글을 올린 것뿐이다.

그런데 그걸 기자들이 덥석 물 거라고는 생각하지 못했다.

"어쩌지…… 어쩌지……."

인터넷에 돌아다니면서 글을 싸질렀지만 증거 따위가 있을 리 없다.

"어쩌지…… 어쩌지……."

그는 머리를 부여잡았다.

그러는 사이에도 몇 번이나 연락이 왔고, 그가 선택할 수 있는 것은 한 가지뿐이었다.

"여보세요. 저기, 글을 삭제하고 싶은데요. 네? 자기 스스로 하라고요? 하지만 양이 너무 많다고요."

자신이 다니는 사이트만 수십 개이고 기사들은 수백 개다. 도무지 자신이 삭제할 수 있는 수준이 아니다.

그리고 너무 오래되어서 기억도 안 나는 것도 수두룩하다.

"씨발…… 큰일 났네."

그는 머리를 부여잡고 고민하다가 문득 자신에게 온 메일 하나를 발견했다.

흔적을 지워 드립니다.

흔적이라는 말. 설마 자신을 도피시켜 준다는 것은 아닐 것이다.

그는 자신도 모르게 그걸 열었다.

그건 스팸 메일이었다.

인터넷에 자신이 썼던 글을 찾아서 삭제해 준다는 업체.

그걸 본 수찬성은 서광이 비추는 듯했다.

"그래, 이런 곳이라면 찾아서 삭제해 줄 거야."

그는 그렇게 생각하면서 침을 꿀꺽 삼켰다.

그리고 자신이 기억하는 닉과 이름만 알려 줄 수 있다면 이들은 금방 삭제할 수 있을 거라 생각하면서 떨리는 손으로 전화를 걸었다.

"저기, 삭제하고 싶은 게 있어서 그러는데요."

그는 사정을 말하고 상담을 받았다.

그러나 그의 희망은 얼마 안 가서 절망으로 바뀌었다.

"500만 원요?"

500만 원. 자신에게는 적지 않은 돈이다.

그런데 그 돈이 비용이란다.

─하신 말씀이 사실이라고 하면, 차라리 싼 것 같은데요? 기자들이 찾아간다면서요?

"으으으……."

기자들에게 얼굴이 팔리면 자신이 사회적으로 매장당할 수도 있다는 생각에 소름이 돋은 그는 한숨을 내쉬면서 말했다.

"네…… 할게요."

"진짜 치사한 거 알지?"

노형진은 히죽 웃었다.

"우리가 용돈 벌이 좀 하겠다는데 그게 그렇게 큰 잘못이야?"

"잘못은 아니지만."

"벌금으로 내는 것보다는 나을 텐데?"

"그건 그렇지."

손채림은 수긍할 수밖에 없었다.

물론 벌금보다는 좀 더 많기는 하지만, 그가 지금까지 저지른 일에 대해서는 충분히 징벌이 될 것이다.

"그런데 삭제할 거라는 건 어떻게 안 거야?"

"악플러 대부분은 현실에 대해서 불만을 가지지만 그 현실에 대항할 능력이 없거나 그럴 생각도 못 하는 사람들이거든."

"그래?"

"그래. 악플러들은 익명성이라는 가면을 쓰고 활동하지. 하지만 기자들이 끼어든다는 것은, 결과적으로 자신의 익명성이 깨진다는 거야."

"관심을 받고 싶어 한다면서?"

"맞아. 그래서 더 이율배반적이지."

이들은 관심을 받고 자신이 잘난 걸 인정받고 싶어 한다.

그래서 공격적으로 허위 사실을 유포하지만, 그로 인해서 처벌을 받거나 자신의 현실을 침범당하는 것은 원하지 않는다.

"그렇다 보니 그들은 누군가 자신의 현실에 적극적으로 들어오려고 하면 겁을 먹어."

"그래서 기자 이름으로 그런 메일을 보낸 거구나."

"현실을 까발리는 직업 중에서 기자만큼 확실한 존재가 또 있을까?"

"하긴."

기자가 취재해서 사회에 자신이 까발려졌을 때 그들이 입을 타격은 어마어마하다.

당장은 익명성 때문에 알려지지 않아서 이런 짓을 해도 자신을 욕하는 사람은 없다.

법적으로 넘어간다고 해도, 어차피 이러한 모욕이나 명예훼손 같은 경우는 처벌이 경미해서 낄낄거리면서 나오면 그만이다.

하지만 만천하에 자신이라는 존재가 드러나고 나면 자신을 그동안 알던 사람들이 구역질 난다는 얼굴로 자신을 보게 될 것이고 사람 취급도 못 받게 될 것이다.

"확실한 증거가 있는 상태에서 말하는 거라면 모르지만 악플을 달고 그런 거짓을 말할 때 증거가 있는 경우 봤어?"

"못 봤지."

"결국 그들의 선택 사항은 하나뿐이지."

현실이 자신을 덮치기 전에 그와 관련된 모든 것을 지우는 것.

"그러니 우리도 용돈 벌이 좀 하는 거지."

기자를 접촉시키기 시작하자 인터넷상에서는 무서운 기세로 글이 삭제되어 갔다.

'이런 건 흔하게 봤지.'

어떤 사이트에서 집단적으로 모욕하다가도 그 당사자가 분노가 치밀어 고소하겠다고 나서면 대부분의 사람들은 말로는 법대로 해라, 우리는 안 무섭다 하면서도 뒤에서는 자기 글을 삭제하기 바빴다.

'지금도 마찬가지이고.'

직접 삭제할 수 있는 자들은 서둘러서 삭제하고 있었고, 너무 양이 많아서 삭제할 엄두도 못 내는 자들은 관련 업체의 홍보 메일이 오자 미끼를 덥석 물었다.

"하지만 끝까지 버티는 놈들도 있잖아?"

"그렇기는 하지."

사람의 정신이라는 것은 참으로 웃긴 부분이 있다.

어떤 사항이 거짓인 걸 알면서도 떠들다 보면 어느 사이엔가 그게 진실이라고 확실하게 된다.

심지어 어떤 경우, 그게 진실을 넘어서 확신을 하고 사상이 되는 경우도 있다.

'타진요 사태가 그랬지.'

모 가수의 비리를 캐낸다면서 시작된 그 일은 누군가의 악플에서 시작된 사태로, 그들은 증거가 나와도 믿지 않았고

심지어 관련 기업이 증거를 내밀어도 위조라고 하면서 믿지
않았다.

이미 진실을 넘어 확신으로 고정되어 버렸기 때문이다.

"그럴 때는 다른 방법이 있지. 그럴 때는 자기가 당한 만
큼 당하게 해 주면 되는 거야."

역지사지라는 말이 있다.

그리고 노형진은 그들에게 역지사지를 강제로 교육할 생
각이었다.

"그 여자들 때문에 죽겠어요."

소아람은 울먹거리면서 말했다.

안티를 가장한 테러 때문에 죽을 맛이었던 것이다.

연예인들에게 가장 큰 안티는 누구일까?

마냥 싫어하는 사람?

그들은 싫어할지언정 피해를 주지 않는다.

그러면 목적이 있는 사람?

연예인을 대상으로 목적을 가지고 안티 노릇을 한다고 해
봐야 생기는 것은 없다.

안티를 가장 적극적으로 하고 가장 공격적으로 하는 건,
그를 강력하게 질투하는 사람이다.

이것이법이다

"난 그 사람은 본 적도 없는데 갑자기 연인이라는 게 말이나 되느냐고요!"

특히나 남자 배우와 일종의 썸을 탄다는 소리가 나는 경우, 남자 배우의 팬이 상대방의 극단적 안티로 변하는 것은 무척이나 흔한 일이다.

"진짜로 얼굴도 모릅니까?"

"애초에 같이 출연한 프로그램도 없었어요."

"그렇기는 하지요."

"제가 가장 싫어하는 타입이 그런 뺀질거리는 타입이고요."

소아람은 울먹거리면서 말했다.

그녀가 이러는 이유는 간단했다.

얼마 전에 갑자기 어떤 남자 배우와 열애설이 터졌다. 자신은 알지도 못하고 관심도 없는 사람인데 말이다.

어이가 없어서 기자한테 따져 봤지만 기자는 그냥 이름 한번 빌리자는 건데 너무 심각하게 생각하지 말라고 했다.

"아니, 왜요? 그게 말이나 돼요?"

손채림은 이해가 안 가는 모양이었지만 노형진은 이 바닥의 상황을 어느 정도 알고 있었기 때문에 한숨만 나왔다.

"일종의 이슈 만들기야."

"이슈 만들기?"

"그래."

소아람은 한창 떠오르는 신예 아이돌이다. 요즘 흔하지 않은 솔로로 나와서 성공한 타입이다.

물론 솔로가 없는 건 아니지만 대부분의 경우 걸 그룹 활동을 하다가 따로 솔로로 전향하는 것이 대세다.

그러나 그녀는 처음부터 솔로로 데뷔해서 압도적인 인기를 끌고 있었다.

"그에 반해서 최무암은 이제는 지는 태양이지."

연기를 잘하는 연기파 배우도 아니고, 가만히 서 있어도 주변을 죄다 오징어로 만들어 버리는 찬란한 외모의 배우도 아니다.

어느 정도 하는 연기로 운 좋게 시나리오가 좋은 드라마를 만나서 인기를 얻은 그런 배우였다.

"전형적인 반짝 스타의 타입이지."

그런데 문제는 여기서부터 발생한다.

인기가 떨어지기 시작하는 배우는 어떻게 해서든 자신의 이름을 높이려고 한다.

그리고 그중 하나가 바로 이제 막 떠오르는 신예와 이슈를 만드는 것이다.

"물론 반대의 경우도 있지만 그런 경우는 대부분 드물고, 거기에다가 그런 경우는 일종의 딜이 쳐지는 경우가 많아."

"반대? 딜?"

"그래."

반대로 아직 이름이 널리 알려지지 않은 사람이 널리 알려진 사람과 일종의 딜을 해서 열애설을 터트리는 경우는 많다.

그런 경우는 신인이 자신을 알리기 위해서 선배를 이용하는 건데, 보통 상대방과는 어느 정도 딜을 하기 마련이다.

"아무래도 선배에게 무작정 그런 걸 터트리면 반격이 들어오기 쉽거든."

"그런데?"

"하지만 지금 같은 경우는 그럴 가능성이 낮은 편이잖아? 이 상황에서 불리한 것은 이쪽이니까."

이제 막 떴다고 하지만 이쪽은 신인이나 마찬가지다.

아무리 반짝 스타라고 해도 인맥을 이미 만들어 둔 사람들과 싸우는 것은 무리가 있다.

"더군다나 너도 알다시피 아이돌의 수명은 그다지 길지 못해."

운이 좋으면 10년씩 간다고 하지만 배우처럼 수십 년을 할 수 있는 것은 아니다.

필연적으로 아이돌은 다른 생로를 찾아야 한다.

"그게 보통은 연기잖아?"

"아네?"

"나 바보 아니다. 연예계 좋아하는 보통 여자거든!"

"일단 보통이라는 부분은 넘어가고."

손채림이 눈을 크게 치켜떴지만 노형진은 슬쩍 시선을 돌려 버렸다.

"네가 생각한 대로 대부분 정해진 라인은 배우야."

아이돌 음악을 하는 것은 한계가 있다.

아티스트라고 해도, 아무래도 그 생명이 짧은 게 가수들의 세계다.

"결국 대부분은 연기자 쪽으로 가야 하는데."

이미 성공한 배우가 방해하면 연기자 세계에 들어가지도 못한다.

"그러니 반박하지 못하는 거지."

반박이라고 해 봐야 아니라고 공식 의견을 내는 것뿐이겠지만.

"문제는 그 후야."

일반인들이야 그런 일이 있었구나 생각하고 잊고 넘어가니까 문제가 안 된다.

"문제는 배우의 극렬 팬들이야."

배우와 팬이라는 존재는 관계가 좀 애매하다.

나이가 많은 팬과 연예인의 관계는 말 그대로 정신적 지지자이자 또한 삶의 원동력인 경우가 많다.

팬은 덕질이라고 하는 팬 활동을 통해서 한국에서 힘든 몇 개 안 되는 취미 생활을 가지고 건전하게 생활할 수 있고, 연예인은 그들의 지지를 바탕으로 안정적으로 활동을 할 수 있다.

"하지만 극렬 분자들의 세계는 좀 달라지거든."

그들은 상대방을 정신적 지지자, 또는 한 명의 배우나 아티스트가 아닌 일종의 가상의 연인으로 보는 성향이 강하다.

"그런데 그 라이벌이 나타나는 경우 극단적 분노를 드러내는 경우가 많다는 거지."

특히나 나이가 좀 어린 여자들의 경우 그러한 극단적 반응이 많이 발생한다.

"물론 남자들 중에도 그런 작자들이 없는 건 아니지만."

"그런가?"

"맞아요. 저한테 협박하고 욕하고 그러는 애들은 대부분 10대에서 20대 여자애들이에요!"

한국에서 이성 교제는 상당히 높은 나이까지 통제된다.

중학교나 고등학교를 다닐 때 이성 교제를 하면 미래를 망치는 줄 알고 기겁하는 부모가 대부분이며, 그들의 스트레스 해소 방법이 극단적으로 적은 경우 역시 대부분이다.

"그래서 그 나이대의 팬들의 경우 극단적으로 몰입하는 성향이 강해."

하지만 이들도 자연스럽게 나이를 먹고 활동을 하다 보면 그 극렬 활동이 줄어든다.

어떤 가수의 말처럼, 어느 순간 자기 팬들이 자기 딸이랑 같이 앉아서 공연을 보고 있더라는 식으로 자연스럽게 정신적 지지자로 넘어가게 되는 것이다.

"하지만 지금은 아니라는 거지?"

"그래, 이런 사람들이 채림이 네가 말한 사람들이야."

끝까지 버티는 놈들. 자신의 정당성을 주장하는 사람들.

그들은 소위 말하는 답 없는 상태가 되어 버리는 것이다.

"소새끼 개새끼 하는 놈들? 그 녀석들은 당장 고소가 무차별적으로 들어간다고 뉴스만 나가도 자기 글 삭제하느라고 바빠. 말도 안 되는 소리 하는 놈들? 그냥 취재하겠다고 하면 그 순간부터 꼬리 감추기에 바쁘지. 하지만 가장 질이 안 좋은 건 이런 부류야."

정치로 보면 일종의 정치적 확신범이다.

상대방이 적이라 확신하고, 그 적을 파괴하는 데 평생을 바쳐야 한다고 생각하는.

"일종의 매카시즘이네."

"그래. 이런 사람들은 인터뷰를 한다고 하면 도리어 당당해지지."

그들은 각자 근거들이 있다. 거기에 신념도 있고, 확신도 있다.

더군다나 그들은 숫자가 많다. 그러니 물러나지도 않는다.

"악플로 인해서 자살하는 경우가 대부분 이런 작자들 때문에 생기는 일이야."

"농담이 아니에요. 지금 차라리 죽어 버릴까 하는 생각이 자꾸 든다고요."

부정기적이고, 그냥 헛소리라고 치부해 버릴 만한 인터넷상의 악플러들. 이들은 그냥 법적으로 고소한다고 한마디만 하면 꼬리를 말고 숨어 버린다.

하지만 이런 타입은 아니다.

"그래서 제가 노 변호사님이 이런 걸 한다고 해서 가장 먼저 자원한 거예요."

"소속사에서는 좋아하지 않을 텐데요?"

"내 알 바 아니죠! 솔직히 내가 그 녀석들을 용서한다고 해서 그 녀석들이 팬으로 돌아서는 것도 아닌데!"

"확실히 맞는 소리지요. 잘 생각하신 겁니다."

소아람의 말에 노형진은 고개를 끄덕거리면서 수긍해 줬다.

"대부분의 연예인들이나 연예 기획사들이 그러한 면을 잘 못 판단해서 일을 그르치지요."

연예계에 있는 말 중에서 악플보다 더 무서운 게 무관심이라고 한다.

악플이라도 달리면 그것 때문에 다른 사람들이 그 이름에 익숙해지기 때문이다.

"하지만 그것도 어느 정도일 때의 이야기지요."

아예 지명도가 없을 때의 이야기지, 어느 정도 지명도가 생기면 이때부터는 악플은 절대적 마이너스가 된다.

"그리고 말씀하신 대로, 이들은 절대로 팬이 되지 않습니다."

과거에 제대로 고소하지도 못하고, 고소해도 선처했던 이유는 어떻게 연예인이 팬을 고소할 수 있느냐는 생각 때문이었다.

그러나 상식적으로 따라다니면서 악플을 다는 녀석들이 갑자기 팬이 될 리도 없거니와, 그렇게 정신적으로 불안정한

팬이라면 연예인의 입장에서도 꺼릴 수밖에 없다.

지금처럼 열애설 한번 터졌다고 그 상대방에게 극단적 공격을 강하는 팬은, 반대로 말하면 연예인에게 극단적으로 집착하는 성향을 가지고 있기 때문이다.

자신이 좋아하는 연예인에 대한 감정이 '아, 연기 잘한다.', '아, 노래 잘한다.' 정도의 수준이라면 열애설이 터졌다고 상대방에게 죽여 버리겠다고 들러붙지 않는다.

"그러면 어쩔 거야? 그냥 둬? 역지사지라는 걸 알려 준다면서?"

"그래."

"하지만 뭔 수로요?"

"악플러들에게 가장 좋은 대처법은 악플러입니다."

"에?"

두 사람은 어리둥절할 수밖에 없었다.

⚖

"진짜였어?"

노형진은 과거에 진상들의 문제를 해결할 때 '진상을 만나다'라는 프로그램을 만드는 것으로 해결했다.

언론에 자신의 신분이 드러나는 것을 두려워한 진상들이 조심하게 되면서 사회적으로 많은 도움이 되고 있었다.

물론 그때도 그 프로그램에 악플을 다는 녀석들이 있었는데, 노형진은 조만간 '악플러를 만나다'라는 프로그램을 만들어서 찾아가겠노라고 말한 적이 있었다.

   "아, 그거? 그때는 농담이었지."

   "그런데 이번에는 진담?"

   "그래."

   노형진은 '악플러를 만나다'라는 프로그램을 진짜로 만들었다. 그리고 그곳에 진짜 악플러들을 초대했다.

   그런데 더 어이가 없는 것은, 그들이 적극적으로 출연 의사를 밝혔다는 것이다.

   "미친 거 아냐?"

   "그들은 확신범이니까. 너 선거할 때 보면 대통령이 될 가능성은 전혀 없는데 선거에 출마하는 사람들 봤지?"

   "응? 봤지."

   "그들이 왜 그럴 것 같아? 돈이 넘쳐서?"

   "글쎄."

   일단 대통령 선거를 하려면 선관위에 신고하고 기탁금을 걸어야 한다. 그리고 500억 내에서 선거 자금을 써야 한다.

   그런데 여기에 함정이 있다.

   당장 선거 자금을 내서 10% 내외의 지지율이 나오면 절반을, 15% 나오면 선거 금액 전액을 환불해 주도록 되어 있는데, 주요 후보를 제외하고 대다수는 지지율이 10%는커녕 1%

도 안 되는 게 뻔한데도 나온다.

"그들은 자신들에게 뭔가를 알려야 한다는 소신이 있는 타입이지. 범죄로 보면 확신범이라는 타입이랄까?"

"범인은 아니잖아?"

"범인이라는 게 아니라, 확신이 있다는 거야. 뭔가를 주장하기 위해서 자기 돈을 버리면서 나오는 거야. 상대방 악플러들 역시 확신을 가지고 있어. 그러면, 그걸 주장할 자리만 있으면 그 자리에 나오는 거지."

"아하!"

그렇게 된다면 그들은 소위 말하는 팩트를 가지고 싸우게 된다.

"과연 진실을 가진 측과 진실을 가지지 않은 측의 싸움은 어떻게 될까?"

아마도 결과는 뻔할 것이다.

"확실히 악플의 가치는 떨어지겠네. 그런데 그 녀석들이 그런다고 과연 정신을 차릴까?"

"차릴 리 없지. 하지만 내가 말했잖아, 독은 독으로 제압한다고 말이야. 후후후."

⚖

"'악플러를 만나다'. 오늘은 소아람 씨 측과 그 안티 팬클럽의 멤버들과의 만남을 이뤄 보겠습니다."

팬과 연예인의 만남이 아니라 악플러와 연예인의 만남이라는 말에 어이가 없어서 사람들은 기가 막혀 했다.

아무리 인터넷 방송 프로그램이라곤 하지만 이런 터무니없는 콘셉트가 먹힐 거라고는 생각하지 못했다.

사실 노형진은 이 프로그램이 성공하든 실패하든 상관이 없었다.

"어차피 이건 일종의 해결 수단이거든."

연예인이든 만화가든 소설가든 정치인이든, 안티팬을 갖고 있는 사람들은 그들의 말에 반박하고 싶어 한다.

하지만 기자들에게 인터뷰를 한다고 해 봐야 조작해서 발표하는 게 흔한 일이고, 설사 안 한다고 해도 이슈가 안 되면 그냥 묻혀 버리는 게 일상이다.

그런데 이렇게 방송 프로그램으로 나가면 누구든 찾아보라고 하면 되는 것이다.

팩트 대 팩트의 무제한 토론 형태이기 때문에, 증거도 없고 논리도 없는 쪽은 밀릴 수밖에 없는 상황.

"자, 그러면 첫 번째 토론은 소아람 씨가 성 접대를 통해서 성공했다는 안티 팬클럽의 주장입니다. 팬클럽 회장인 서강예의 주장부터 들어 보시죠."

"여러분, 저년은 성 접대를 통해서 방송에 출연을 했습니다. 그리고 그래서 인기를 얻었어요! 그 이후에 인기를 올리기 위해서……."

여러 가지 주장을 하는 안티 팬클럽.

'하지만 안티 팬클럽에는 한계가 있지. 결국 이건 방송이 아니라 여론 재판이 될 거다.'

팩트를 모으기 위해서 직원들과 전문가들을 동원하는 자들과 달리 그들은 주변에서 떠드는 것만 모을 수밖에 없는 처지다.

그러니 초반부터 밀릴 수밖에 없다.

이 모든 모습은 변호사들이 싸우는 재판정과 비슷했다. 판결을 국민들이 한다는 것은 다르겠지만

"좋습니다. 그러면 증거는 어떤 건가요?"

사회자는 그녀가 무슨 욕을 하든 그냥 두고 봤다.

그러다가 그녀가 말을 멈추고 화를 좀 가라앉히는 듯하자 바로 증거를 요구했다.

"증거는 이겁니다. 보세요!"

그녀가 내민 것은 오래전부터 떠도는 소문을 정리한 블로그와 사이트 그리고 댓글들이었다.

'결국 저들의 한계는 이거지.'

저들이 믿는 진실은 팩트와 정보에서 나온 게 아니라 자신들끼리 떠들면서 얻어 낸 확신이다.

예를 들면 이런 식이다.

A라는 녀석이 누군가를 욕하면 B라는 녀석이 그걸 보고

따라서 욕하고, 그걸 본 C라는 녀석도 따라 욕한다. 그러면 A는 욕을 하는 B와 C를 보면서 확신을 얻고 더 욕을 하는 것이다.

결국 서로가 서로를 확신의 증거로 삼지만, 정작 그 근본이 된 증거는 없는 셈이다.

"인터넷의 이 수많은 글들을 보세요."

서강예는 자신이 있다는 듯 말했다.

그녀는 그걸 보면서 너무나 확실한 증거라고 생각했다.

그러나.

"하지만 그건 댓글에 대한 댓글일 뿐이지요. 증거를 보여 주세요."

"증거잖아요!"

"그건 여러분들이 인터넷에서 떠든 말이지요. 증거라 하면 언제 어디서 성 접대를 했는지, 그 대상이 누구인지 확인할 수 있는 기록을 뜻합니다."

"아…… 그런 건 여기 있습니다. 여기요!"

그녀는 뭔가를 꺼내서 읽어 줬다.

"네티즌의 눈은 사방에 깔려 있지요. 그들의 눈을 피할 수 있다고 생각하지 마세요. 이 글을 보면 ○○월 ○○일, 소아람과 어떤 배가 남산만 한 대머리가 호텔로 들어가는 것을 목격했다. 매니저로 보이는 사람이 그 대머리의 눈치를 무척이나 보는 걸 보니 상당히 높은 자리에 있는 인물인 듯했다.

주변에서는 접대를 온 거라고 수군거렸다."

서강예는 그걸 내려놓으면서 확신에 찬 눈빛을 번득였다.

"어때요? 확실한 증거 아닌가요?"

"그건 증거 맞군요. 좋습니다. 그러면 소아람 씨, 이 증거에 대해서 어떤 의견을 내놓겠습니까?"

한쪽이 공격을 하면 다른 한쪽은 반격을 하거나 반박 증거를 내놓는 것이 토론의 당연한 방식이다.

노형진은 미리 준비한 기록을 꺼내서 천천히 읽기 시작했다.

"그 부분에 대해서는 저희가 5개월 전에 고발한 사건 기록을 제출하겠습니다. 해당 기록의 작성자는 제주도에 있는 ○○호텔의 근무자로, 소아람 씨와 신원 미상의 남자가 호텔로 들어가는 걸 보았다고 주장했습니다."

"네, 정확하게 안티 팬클럽이 주장하는 것과 동일하군요."

"맞습니다. 하지만 여기서 주장한 것은 저희가 고발했다는 겁니다. 그 사건과 관련하여 고소인에 대해서 수사가 진행되었고, 2개월 전 해당 작성자는 명예훼손으로 벌금 500만 원에 처해졌습니다. 여기 사건 기록을 제출합니다."

그 말을 들은 서강예는 당황했다. 그런 말을 들은 적이 없기 때문이다.

물론 당연한 일이다.

'내가 악플 달다가 걸린 놈이 인터넷에 떠드는 꼴을 본 적이 없다.'

노형진은 씩 웃으면서 속으로 생각했다.

자신이 처벌받은 걸 자랑스럽게 떠드는 놈은 거의 없다.

가끔 아주 제대로 미친 놈들은 그러기도 하지만, 그런 건 정말 특수한 경우고 이런 건 절대 인터넷에 안 떠든다.

'그렇다고 해서 기자들이 뉴스화할 만한 것도 아니고.'

결과는 그다지 중요하지 않다. 이슈화될 만한 것도 아니다.

그러니 기자들은 관심을 가지지 않는다.

설사 된다고 해도 악플러가 처벌받았다는 정도의 단신으로 나가지, 어떤 내용으로 어떻게 악플을 달고 허위 사실을 유포했는지에 관해서는 이야기하지 않는다.

그러니 저들이 인터넷상에서 주워들은 것은 이미 처벌받은 후에 다른 사람들에게서 퍼 날라진 가짜 정보였던 것이다.

"확실히 그렇군요. 진술서도 그렇고 사건 기록도 그렇고, 해당 당사자가 해당 허위 사실을 유포해서 처벌받은 것은 인정됩니다. 그러면 두 번째 증거는 없나요?"

"두…… 두 번째 증거요?"

서강예는 약간 당황했지만 애써 마음의 평정을 찾으면서 다른 걸 꺼내 들었다.

"여기에 있는 다른 두 번째 증거를 봐 주시기 바랍니다. 여기에 보면 ○○월 ○○일부터 ○○일까지, 소아람이 신원 미상의 남자와 보라카이의 호텔에서 투숙했다는 주장이 있습니다. 설마 이 증거도 부정하지는 못하겠지요?"

"두 번째 증거가 나왔네요. 그러면 소아람 씨 측은 어떤 반박 증거가 있나요?"

증언이라는 것은 상당히 주관적인 것이다.

자신이 봤다고 주장하는 것은 누구나 할 수 있다. 그러나 그게 힘을 가지기 위해서는 객관성이 있어야 한다.

객관성이 없다면 그 증거는 효력이 없다.

당연히 객관성을 갖춘 증거를 만나면 그런 거짓 증언은 무너진다.

"○○월 ○○일부터 ○○일까지라면…… 이 스케줄 표에 따르면 소아람 씨는 중국에 있었습니다. 그 당시 중국에서 열린 한류 페스티벌에 참가차, 중국에 가서 활동한 기록이 있습니다."

당황하는 서강예.

'그래, 그렇겠지.'

그 시기에 그녀가 한국에 없었던 것은 맞다. 그건 확실하고, 출국하는 것을 누군가 보기는 했을 것이다.

그걸 자기들이 편한 대로 판단하고 떠들다가, 어느 틈엔가 확신을 얻어서 증거로 취급받았을 것이다.

"중국에서 활동하는 사이에 보라카이에 있는 누군가를 만나러 갔겠지요."

"글쎄요. 스케줄에 따르면 거의 불가능하군요. 총 이레간 세 군데의 촬영과 일곱 개의 인터뷰 그리고 열두 개의 행사가 잡혀 있었습니다. 거의 밤잠을 자지 못할 정도의 강행군이었지요."

"그건 당신들 기록일 뿐이지 않습니까!"

하지만 이미 확신을 가지고 있는 서강예는 강경하게 외쳤다.

'뭐라고 한들 믿겠니.'

타진요 사태 때 해당 가수가 관련 증거를 모두 제출했음에도 불구하고 주장하는 측은 조작이라고 믿지 않았다.

심지어 해당 학교의 교수가 맞다고 언론을 통해서 영상 증언을 했음에도 불구하고 돈을 받고 허위 증언을 한다면서 믿지 않았다.

확신범들의 특징이, 다른 정보는 받아들이려고 하지 않는다는 것이다.

'하지만 너희가 그걸 받아들이든 말든, 그건 내 알 바 아니지.'

여기서 저들을 설득하려고 하는 게 아니다. 인민재판에서 자신들을 유리한 쪽에 두려고 하는 방송이다.

그러니 저들에게 화를 내는 것보다는 저들의 주장을 무력화시키는 것이 중요하다.

"그러면 여권 기록을 제출하면 되겠네요. 설마 외국을 가는데 여권도 없이 나가겠습니까?"

서강예는 자신의 확신이 무너지는 것을 느꼈다.

하지만 이러한 확신범들은 그걸 절대로 그냥 두지 않는다.

"그러면 이 사진은 어떤가요?"

"어흠흠…… 죄송하지만 그 사진을 꺼내지는 마십시오. 저희가 미리 준비한 자료를 드리겠습니다."

뭔가를 꺼내 들려고 하는 서강예를 말리면서 사회자는 헛기침을 했다.

그녀가 보여 준 것은 사진 위에 옷 사진이 입힌, 괴상한 모양의 사진이었다.

"에…… 아무래도 모자이크가 필요 이상의 오해가 있을 것 같아서 차라리 그림으로 합성하는 게 맞다고 판단하여 이렇게 합성하였습니다. 방송이니까 노골적 사진은 부적절합니다. 자, 안티 팬클럽 쪽 분, 계속 말씀하세요."

"이건 성 접대를 받은 사람의 컴퓨터에서 흘러나온 사진입니다. 그가 수리를 맡긴 컴퓨터 내부에서 흘러나왔다고 하더군요. 생각해 보세요. 누군가에게 접대하지 않았다면 어떻게 이렇게 노골적인 누드 사진이 돌아다닐 수 있겠습니까?"

노형진은 그걸 보면서 한숨을 쉬었다.

'이러니 사람이 자살을 하지.'

여자에게 이런 사진은 터무니없는 모욕이다. 누드 사진이라니 자살하고도 남을 만큼 굴욕적일 것이다.

그러나 더 억울한 것도 있었다.

"하지만 이런 사진을 찍은 적이 없는데요."

"그렇다면 이런 사진이 돌 리 없는데요? 안 그런가요?"

빈정거리면서 말하는 서강예.

"일단 이 사진에 대해서 반박하자면, 배경이 중요하다고 생각합니다."

"배경?"

"네. 중요한 건 배경이지 인물이 아닙니다. 이 배경에 나와 있는 식물을 봐 주시기 바랍니다. 이 식물은 드라세나 마지나타라는 열대식물입니다."

"그런데요? 한국에는 없나요?"

"물론 한국에 있습니다. 있지요. 하지만 이걸 실내에 키우는 집은 있어도 실내에 키우는 호텔은 없습니다."

"그게 무슨……?"

"여러분들이 여행을 다닐 때 호텔 내부에 식물을 키우는 곳을 보신 분?"

다들 잠깐 생각하다가 고개를 흔들었다.

호텔에서는 객실 실내에 식물을 키우지 않는다. 식물을 관리하기도 힘들기 때문이다.

당장 식물에 물을 주라고 손님에게 부탁할 수도 없거니와, 손님이 없을 때 들어가서 물을 주는 것도 손님이 당연히 싫어할 수밖에 없다.

단기 입실 후 나가면 퇴실 사이에 관리할 수도 있지만 장기 입실을 하는 경우에는 힘들다.

결정적으로 어떤 식물이 어떤 손님에게 알레르기 반응을 일으키는지 예상할 수 없는데 여러 가지 불편함을 무릅쓰고 객실 내부에서 나무를 키울 이유는 없다.

"접대를 호텔에서만 하라는 법은 없지 않나요?"

그 정도는 예상했다는 듯 반박하는 서강예.

"압니다. 그래서 이상하다는 거죠."

"네?"

"이 사진에서 취하고 있는 자세를 봐 주세요."

"중요한 건 소아람이라는 저년이지, 자세 따위가 아닙니다!"

"아니요. 이게 중요한 겁니다. 자세를 보면, 보다시피 몰래 찍은 게 아니라 당당하게 자세를 잡고 찍은 겁니다."

"그래서요?"

"그리고 드러난 주변의 사물을 보면 상당히 고화질 카메라로 찍었다는 걸 알 수 있지요. 아무리 성 접대를 한다고 해도 이런 짓까지 하는 사람이 있을까요?"

"무리죠."

사회자는 무리라는 것을 인정했다.

여자에게 이런 사진은 치명적이다.

하물며 연예인은, 이런 사진이 퍼지면 사장되는 건 순간이다.

'물론 아예 정신이 나간 경우도 있지만.'

실제로 여자 연예인들의 이런 사진을 찍어서 중국이 발칵 뒤집힌 적도 있다.

그러나 그건 어디까지나 폰카로 찍은 사진이지, 이렇게 고화질 사진이 아니었다.

"저희는 이 사진을 제보받고 나서 그 점을 의심했습니다. 자세가 너무 전문적이고 배경이 일반 주택, 그것도 호화 주택인 점 등을 말이지요."

"그래서요?"

"그래서 주변 전문가들을 초빙해서 분석했지요. 그 결과 몇 가지 사실을 알아냈습니다. 그중 하나가 이 사진상의 인물의 키입니다. 이 인물은 175 정도의 큰 키를 가지고 있습니다. 소아람 씨의 키는 167입니다."

서강예는 당황했다.

자신들은 얼굴만 봤지, 키라는 것은 생각도 못 한 변수였다.

그러나 노형진의 반격은 끝난 게 아니었다.

"아까도 말했다시피 포즈가 전문적인 점, 그리고 키가 일반인치고는 상당히 크다는 점을 감안하여 추론한 결과, 전문적 모델의 가능성이 점쳐졌습니다. 그래서 전문가들에게 부탁하여 사진의 출처를 찾았습니다. 해당 출처에 대해서 찾기는 했습니다만, 아무리 누드 모델이라고 할지라도 개인의 프라이버시가 존재할 뿐만 아니라 사전에 공개 허가를 받지 못했으므로 방송으로 공개하지는 못하고 일부에게만 공개하도록 하겠습니다."

노형진은 사진을 들어 사회자와 서강예에게 보여 줬고, 방청석에 앉아 있던 일부 여성 패널에게도 확인시켜 줬다.

"어떤가요?"

"확실히 다른 사람이군요."

"네, 전문가들의 의견도 마찬가지입니다. 정교하게 조작된 합성사진이라는 결론이 나왔습니다."

"그, 그럴 리가⋯⋯."

"요즘 세상에 포토샵은 그다지 어려운 기술도 아닙니다."

책만 조금 파고들면 배울 수 있는 것이 포토샵이다.

그러니 누군가 악의를 가지고 조작하려 들면 어렵지 않게 할 수 있다.

"과거부터 연예인들의 무단 합성사진 유포는 흔하게 벌어지는 일이었습니다. 좀 더 정교하게 합성되었다고 진실이 되는 것은 아니지요."

사회자는 납득한 듯 서강예를 바라보면서 물었다.

"증거가 더 있습니까?"

그러나 카메라에 비치는 그녀의 모습은 그저 분노로 부들부들 떨고 있는 것뿐이었다.

⚖

"의외네."

"뭐가?"

"난 이 프로그램이 없어질 줄 알았거든. 그런데 대기자가 이렇게 많아?"

손채림은 쭉 늘어선 대기자들을 보면서 신기하다는 듯 말했다.

"게다가 판매량도 적지 않고 말이야."

"사람들은 연예계에 관심이 많잖아. 특히나 지라시니 어쩌니 하는 것들에."

그래서인지 사람들은 의외로 이 '악플러를 만나다'라는 프로그램에 생각보다 더 많은 관심을 가졌다.

하지만 더 신기한 것은 판매량이 아니라 지원자들이었다.

"출연하고 싶어 하는 사람이 이렇게 많을 줄은 몰랐어. 몇 사람은 아예 자신들이 제작비를 내줄 수도 있다고 했다면서?"

"그러더라. 우리야 땡큐지만."

"아니, 왜?"

"언론은 누구에게나 공평한 진실의 창구가 아니거든. 전에 말했잖아."

이슈가 되느냐 클릭 수가 나오느냐 사람들이 관심이 있느냐 하는 것이 기자들이 기사를 선택하는 기준이 된다.

열애설이나 명예훼손 사건, 고발은 기삿거리가 되지만, 그 사건의 처리 결과는 기삿거리가 되지 않는다.

"그렇다 보니 정작 그걸 떠든 놈은 처벌받은 후에도 그 말도 안 되는 헛소리는 생명력을 가지고 계속 확산되거든."

"그 녀석들도 소송하면 되잖아?"

"그런 건 세균 같은 거야."

기하급수적으로 늘어나기 때문에 처음에는 한 명이지만 다음에는 열 명, 그다음에는 백 명이 되어 버린다.

그러다 어느 순간 수천 단위가 되는데, 아무리 그래도 연예인들이나 유명인의 입장에서는 부담이 안 될 수가 없다.

"하지만 이렇게 방송에서 한번 팩트로 밟아 버리면 그런 말을 하는 놈들은 아무것도 모르는 병신들 취급이거든."

"그렇기는 하더라."

그 후에도 인터넷에는 소아람에 대한 소문이 돌았지만, 누구도 믿지 않고 아직도 이런 헛소리 하느냐는 핀잔만 달렸다.

"거기에다 마지막 대사가 압권이었지."

"그렇지."

노형진은 해당 사실들이 방송에서 공개적으로 부정당한 이상, 더 이상 떠드는 사람들은 악의적 명예훼손으로 보고 형사뿐만 아니라 민사까지 진행하겠다고 못을 박아 버렸다.

"이미 방송을 통해서 진실을 알리고 경고했어. 그러면 사람들은 당연히 이쪽 편을 들어 줄 수밖에 없지."

실제로 그 이후에 무서운 속도로 관련 글들이 사라졌다.

관련 사실을 썼던 작자들은 열심히 자신들이 쓴 글을 삭제하고 있었기에 소문은 어느 때보다 빠르게 없어지고 있었다.

"결국 방송에서 재판해 버린 셈이지."

토론의 형식을 빌리기는 했지만 고소인은 소아람이었고 피고소인은 그 악플을 달던 악플러들이었으며 재판장은 국민들이었다.

그리고 판결은 떨어졌다.

이제 그들을 편들어 줄 사람은 없다.

"하지만 여전히 이해가 가지 않는 것이 있어."

"뭔데?"

"네가 역지사지를 제대로 교육해 주겠다고 했잖아? 도대체 어떤 부분에서 역지사지인데?"

노형진은 씩 웃었다.

"너, 악플러들이 노리는 제1 순위가 누군지 알아?"

"연예인?"

"아니. 뭐, 많이 노리기는 하지만 1순위는 아니야."

"그럼 1순위는 뭔데?"

"공공의 적."

"공공의 적?"

"그래. 누굴 공격하든 악플은 범죄야. 그런데 악플러 중 다수는 공공의 적을 공격하면서 자신이 정의라 생각하거든."

그 말을 들은 손채림은 가볍게 몸을 떨었다.

인민재판이라는 말의 의미를 알아들은 것이다.

그냥 진실이 알려져서 인민재판이 아니었다. 그 이후 처벌까지 이루어지기 때문에 인민재판이었던 것이다.

안티 팬클럽은, 증거까지 조작해 가면서 모욕하고 허위 사실을 유포하고 욕설했던 그들은, 방송을 통해서 악이 되었다.

그리고 국민들에 의해 판결은 떨어졌다.

"남은 것은 심판이지."

물론 방송은 재판이 아니다. 자신들이 심판을 하거나 처벌을 할 수는 없다.

"그러나 이빨을 드러낼 하이에나는 그들만 있는 게 아니니까."

노형진은 씩 웃었다.

⚖️

"으으……."

서강예는 머리를 부여잡았다.

그녀가 보는 인터넷 창 속에서는 한창 싸움이 벌어지고 있었다.

—미친놈들아, 작작 좀 해.

—거짓말하지 마! 다 조작이야! 외국으로 나간 건 위조 여권으로 나갔을 거야!

—뭘 들이밀어야 믿을래?

—어차피 들이밀어 봐야 조작된 증거일 거잖아?

회원들은 엄청나게 늘었다.

그런데 웃긴 건, 회원은 늘었는데 탈퇴는 더 늘었다는 것이다.

쉽게 말해서 탈퇴한 사람들은 진실을 알고 겁먹고 자신들이 쓴 글을 부랴부랴 지운 뒤 나간 일부 기존 회원들이고, 새로 들어온 사람들은 자신들을 욕하거나 자신들이 당하는 걸 구경하러 온 사람들이라는 소리였다.

몇몇 남은 열성 회원들이 그들과 싸워 가면서 우기고 있었지만 이미 싸움은 끝난 것이나 다름없었다.

–회장님. 뭐라고 해 보세요!
–우리가 이렇게 조작된 증거에 당할 수는 없잖아요!

열성 회원들은 진실을 말해 달라면서 회장에게 매달렸지만 서강예는 그럴 처지가 아니었다.

"으으으……."

인터넷을 켤 때마다 그녀의 세상이 무너지고 있었다.

하루에도 수백 통씩 모욕과 협박의 메일이 날아왔고, 인터넷에서는 자신을 무시하고 모욕하는 글이 유행했으며, 자신을 알아본 친구들은 연을 끊어 버리고 친척들까지 애를 어떻게 키웠냐면서 부모에게 화를 냈다.

자신은 진실을 추구한다고 생각했고, 그래서 정의를 지킨다고 생각했다.

그런데 남은 건 오로지 욕뿐이었다.

"이럴 수가."

자신의 SNS는 어느 때보다 방문자 수가 많았지만 90% 이상이 욕이었다.

그녀는 자신이 소아람에게 했던 그대로, 똑같이 당하고 있었다.

"후우."

딸의 방으로 들어온 아버지는 뒤에서 그걸 보면서 한숨을 쉬었다.

자신이 생각도 못 하는 사이에 딸이 이런 대형 사고를 칠줄이야.

"너 도대체 어쩔 거냐?"

일단 소아람 측에서는 방송이었고 정당한 토론이었으므로 이 이전에 있었던 일은 불문에 부쳐서 명예훼손 및 허위 사실 유포와 모욕 등으로 고소하지 않겠다고 했다.

하지만 관련 글들을 지우지 않고 버티거나 새로 글을 쓴다면 자신들도 어쩔 수 없다고 말했다.

즉, 그때는 고소를 할 뿐만 아니라 민사까지 해야 한다는 소리였다.

"이를 어찌해야 하나……."

그녀는 마지막에 노형진이라는 변호사가 해 줬던 말을 기억해 냈다.

－형사처벌이 약하다고 방심할지 모르지만, 민사는 그렇게 약하지 않을 겁니다. 민사는 그 사람의 사회적 지명도에 따라서 배상금이 결정됩니다. 상대방은 그냥 지명도를 가진 정도가 아니라 연예인이에요, 한국에서 모르는 사람이 없고, 호감도에 따라서 수억짜리 광고가 왔다 갔다 하는. 그런 사람의 명예를 더럽히면 못해도 3억 이상의 배상금은 나올 겁니다.

물론 노형진이 한 말에는 약간의 엄포성 거짓말이 들어가기는 했지만 상대방이 유명할수록 명예훼손의 배상금이 커진다는 것은 사실이었다.

그리고 서강예의 아버지가 혹시나 해서 알아본 다른 변호사들도 돈의 액수가 좀 다를 뿐 커진다는 것은 다 인정을 했다.

그리고 일부는 이런 말까지 했다.

－상대방이 노형진이라고요? 아이고, 맙소사. 아버님, 그 변호사라면 그 돈보다 더 받아 내면 더 받아 냈지, 덜 받아 내지는 않을 겁니다. 지금이라도 싹싹 비세요.

무시무시한 사람이라고, 사람을 법정에서 갈아 버려서 '그라인더'라는 별명까지 붙어 있는 사람이라는 말에 그는 눈앞이 캄캄해질 정도였다.

결국 딸을 위해 그가 할 수 있는 선택은 그다지 많지 않았다.

"호주에 있는 내 외사촌에게 이야기해 놨다. 한 2년 정도 가서 공부하고 오너라."

"난 영어도 못하는데?"

"그러면 여기서 뭐 할 건데? 여기 있어 봐야 한국말로 들을 수 있는 건 욕설뿐 아니냐? 지금도 사람만 봐도 기겁을 하면서, 내내 욕먹으면서 살래?"

"……."

"영원히 거기서 살라는 것도 아니잖아. 2년만, 세상이 조용해질 때까지만 버티자."

"……."

서강예는 입술을 지그시 깨물었다.

아버지의 말이 맞다는 것을 부정할 수가 없었다. 지금 당장 자살이라도 하고 싶을 지경인데 어떻게 한국에서 살란 말인가?

"알았어……."

눈물을 뚝뚝 흘리면서 그녀는 고개를 끄덕거렸다.

자신이 했던 그대로 누군가에게 당하면서, 그녀는 때늦은 후회를 하는 것 말고는 선택할 수 있는 것이 아무것도 없었다.

다음 권으로 이어집니다

200평 초대형 24시 만화방

수면실 (침대식) — 사우나석

다인석 — 샤워실

세탁기 — 신간100%

📖 수원 인계동점

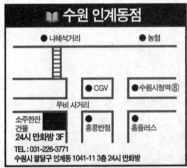

TEL : 031-226-3771
수원시 팔달구 인계동 1041-11 3층 24시 만화방

📖 의정부점

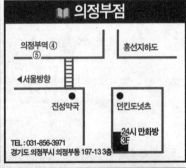

TEL : 031-856-3971
경기도 의정부시 의정부동 197-13 3층

📖 주안점

TEL : 032-426-2871
인천광역시 주안남부역 지하상가 4번 출구 GS25시 건물 6층

📖 안양점

TEL : 031-466-3771
경기도 안양시 안양동 674-163 조이당구장건물 2층

ROK HISTORY FANTASY

수어재 대체역사 소설

수색 조선

꼴통들이 회귀하면 뭔가 다르다!
현대로 돌아가는 김에 세계 정복까지?
『수색 조선』

뜬금없는 오행진의 발동에 휘말려
조선 시대에 떨어진 수색대
현대로 돌아가려고 발품을 팔아 보니
21년 뒤에나 가능하다는데?

"기다린다.
기다려서, 우릴 이렇게 만든 놈들을 조져 버린다!"

주술사가 태어나기까지 앞으로 21년,
조선에 대변혁의 바람이 몰아친다!

너의 미래가 보여

ROK MODERN FANTASY STORY

정성민 현대 판타지 장편소설

비글 같은 걸 그룹부터 할리우드 연기자까지
금 손 매니저의 전설이 시작된다!

우정만 믿고 매니지먼트사에 투자를 한 강현우!
투자한 회사는 문 닫기 직전에,
교통사고 후유증으로는 이상한 게 보이는데……

알고 보니, 그것은…… 연예계의 미래!

미래가 보이는 능력으로
망해 가는 회사를 살리고자 매니저가 된다!

언론 플레이는 기본!
꼼수가 판치는 치열한 연예계에서 살아남아
최고의 연예 기획사를 만들어라!

에이스 카드

박경원 스포츠 장편소설

인생이 걸린 '뽑기' 한판!
사행성(?) 게임이 이렇게 몸에 좋습니다!

정신적 불안정으로 마운드를 뺏길 위기에 처한
좌완 파이어볼러 투수 한태준
그가 도와준 어린아이가 두고 사라진 신비한 상자
그 상자에 쓰인 이름은…… 에이스 카드!

[지금 카드를 픽업Pick up하시겠습니까?]

카드명 : 노오력의 보상(REWARD OF EFFOOORT)
카드 등급 : ★★★★
효력 범위 : 영속성
카드 효과 : 이제 연습 때와 동일한 실력으로 어디서든 던질 수 있습니다.

애물단지에서 에이스로!
에이스 카드 덱이 운명을 바꾸다!

양강 현대 판타지 장편소설

하루가 두 번

『전설이 되는 법』『역대급』 양강 신작!

테러 단체에 납치되어 광산 노예로 살아온 제이슨
그에겐 하루를 두 번 사는 능력이 있다!

세계의 비밀 '카이트'!

필사의 탈출로 새 인생을 살게 된 그는
자아를 가진 돌, 카이트의 힘마저 손에 넣고
손대는 사업마다 성공을 일구며 승승장구하지만
그 때문에 세계 권력자들과 부딪치게 되는데……!

내일도 오늘!
그에게 실패란 없다!

마운드의 제왕

정한담 스포츠 장편소설
ROK SPORTS FANTASY STORY

혜성처럼 나타난 야구계의 이단아
환상의 제구로 마운드에 우뚝 서다!

한국 야구계의 전설 최동훈의 피를 물려받았지만
야구선수로서의 능력은 제로였던 최성호

'패전 전문 투수', '물투수' 등
치욕적 별명만 얻은 채 입대를 하게 되고
야구에 대한 꿈을 접으려 할수록 미련은 강해져만 가는데……

그런 그의 눈앞에 나타난 건
어릴 적 받은 야구 카드의 주인공, 새철 트레벌?

더 이상 아버지의 이름을 더럽힐 수는 없다!
스승과의 하드 트레이닝을 통해
마운드의 제왕으로 거듭나라!